Andreas Venzke

Martin Luther

Die Freiheit des Wortes und das Lauffeuer der Reformation

Andreas Venzke lebt in Freiburg im Breisgau. Nach seinem Studium an der FU Berlin arbeitete er zunächst als literarischer Übersetzer und Journalist, bald hauptsächlich als Schriftsteller. In seinen Büchern widmet er sich gerne historischen Themen. Im Arena Verlag erschienen von ihm in der Reihe »Arena Bibliothek des Wissens« bisher über zehn Bände, etwa über Goethe, Schiller oder auch Ötzi. »Seine Bücher erzählen von Erwachsenen und Kindern, die den Mut haben, Herausforderungen anzunehmen und Widerstände zu überwinden« (Frankfurter Allgemeine Sonntagszeitung).
www.andreas-venzke.de

Klaus Puth wurde 1952 in Frankfurt am Main geboren. Nach seinem Studium an der Hochschule für Gestaltung in Offenbach arbeitete er zunächst in einem Verlag für Grußkarten. Seit 1989 ist er freiberuflich als Illustrator für verschiedene Verlage tätig und hat mehrere Preise erhalten.
www.klausputh.de

Martin Luther

Die Freiheit des Wortes und das Lauffeuer der Reformation

Andreas Venzke

Arena

Inhalt

Martin Luther

Kaum ein Deutscher ist auf der Welt so bekannt wie Martin Luther. Denn er hat entscheidend dazu beigetragen, die Welt zu verändern. Luther brach die Macht der Kirche, die in seinen Tagen in Europa herrschte. Sie schrieb den Menschen genau vor, wie sie im Namen Gottes richtig zu leben hatten, wann sie zu beten hatten, wann zu fasten, was sie beim Gottesdienst singen und sagen mussten, dass man vor dem Bischof zu knien hatte. Wer sich an diese Regeln nicht hielt, dem drohte laut herrschender Lehre der Kirche im Jenseits die Verdammnis, im Diesseits sogar der Tod.

Luther dagegen war der Meinung, dass jeder Mensch zwar in Schuld und Sünde lebe, dass dieser Zustand aber nicht zu ändern sei, auch nicht durch eigenes Verhalten zu verbessern. Da hätte auch die Kirche nichts zu bestimmen. Für die Erlösung von den Sünden sollte der Glaube allein reichen. Gottes Gnade sei ein Geschenk und der Mensch müsse nichts anderes tun, als dieses Geschenk in Demut anzunehmen.

Deswegen brauche man nicht die Beichte*, also das persönliche Bekenntnis zu den begangenen Sünden, auch nicht das Fasten*, also das zeitweise Hungern, vor Ostern vierzig

Tage lang, schon gar nicht den Ablass*, mit dem man sich für eine gewisse Zeit von seinen Sünden freikaufen konnte, nicht einmal die »guten Werke*«, also die Hilfe und Unterstützung für andere. Sogar den Papst höchstselbst brauche der Gläubige nicht mehr.

Diese Lehre Luthers führte zur sogenannten Reformation, einer radikalen Bewegung zur »Erneuerung« der christlichen Kirche, und zur zweiten großen Spaltung der christlichen Kirche (nach dem Schisma* von 1054): in die katholische und die evangelische Konfession.

Luther war ein Streiter mit dem Wort und für die Worte Gottes, wie er sie in der Bibel las. Er schlug einen völlig neuen Weg ein. Und er ging diesen Weg entschlossen zu Ende, auch als er erkannte, dass dieser vielleicht zu seinem gewaltsamen Tod und auch dem vieler anderer Menschen führen würde.

* Im hinteren Teil des Buches gibt es ein Glossar. Dort sind die Begriffe mit * erklärt.

Man soll die Kinder nicht zu hart stäupen

Bin ich ein besonderer Mensch? Mit dem, was ich angestiftet habe, bestimmt. Deswegen ist mein Leben einzigartig geworden. Aber vielleicht bin ich einfach ein Trotzkopf.

Ich werde am 10. November 1483 in Eisleben geboren, als Martin Luder. In dem benachbarten Städtchen Mansfeld wachse ich auf. Meinen Namen suchen sich meine Eltern nicht aus. Sie nennen mich schlicht nach dem Tagesheiligen.

Besondere Liebe erfahre ich nicht, schon weil ich viele Geschwister habe. Zunächst sehen meine Eltern nur zu, dass ich kräftig gedeihe. So viele Kinder sterben bald nach der Geburt, auch noch nach einigen Jahren. Das ist bei uns nicht anders. Gott scheint beim Leben der Kinder gnadenlos auszuwählen, und nicht nur da.

Ich aber entwickle mich gut. So unternimmt mein Vater, Hans Luder, bald alles, um mir die beste Ausbildung zu ermöglichen. Er selbst stammt aus einer Familie recht wohlhabender, freier Bauern und ist in Mansfeld Bergmann geworden. In meiner Kindheit geht er noch jeden Tag in den Stollen und schlägt Kupfer aus dem Fels. Aber bald gründet er ein eigenes Bergbau-Unternehmen. Er ist ein strenger Vater und straft mich, wenn ich

nicht tue, was er sagt. Wenn es schlimm kommt, nimmt er die Rute und zieht sie mir über. Meine Mutter Margarethe ist noch strenger. Sie muss mich und meine vielen Geschwister durchbringen. Da kennt sie keinen Spaß. Einmal stehle ich eine Nuss aus einem Säcklein in der Küche. Sie schlägt mich deswegen so mit der Rute, dass das Blut fließt.

Schon mit viereinhalb Jahren schicken meine Eltern mich auf die Stadtschule in Mansfeld. Die Lehrer dort sind noch strenger: Wer nichts lernt, bekommt Schläge. Einmal kann ich mein Latein nicht richtig und der Lehrer züchtigt mich vor der ganzen Klasse fünfzehn Mal mit dem Stock. Unendlich elend ist diese Schule, mit Lehrern, die nur Stockmeister sind. Viele Kinder bringen sie so durcheinander, dass die danach weder zum Glucken noch zum Eierlegen taugen.

Von dieser Teufelsschule bin ich mit 14 Jahren erlöst. Da schicken mich meine Eltern in eine angesehene, moderne Pfarrschule nach Magdeburg. Zwar lebe ich dort in einem Heim wie im Kloster, bin aber für mich selbst verantwortlich und führe ein eigenes Leben. Die Schule ist ebenfalls streng, aber sie ist wenigstens gerecht. Magdeburg ist eine der größten Städte im Deutschen Reich, voller Handel und Wandel. Ständig legen am Elbufer Schiffe an, am Dom werden in schwindelerregender Höhe die Türme gebaut, in eigenen Werkstätten werden Bücher hundertfach gedruckt. Ich erlebe die große Welt.

Zum Glück bin ich immer ein guter Schüler, auch in Eisenach, wo ich mit 15 Jahren die Trivialschule* besuche. Ich kann aufatmen. In Eisenach sind die Lehrer gütig und bereiten uns klug auf das Studium an der Universität vor. Ich wohne bei der Kaufmannsfamilie Cotta. Die Cottas sind belesen und wissen sehr viel mehr von der Welt als meine Eltern. Sie haben Bücher, machen Musik mit teuren Instrumenten und sie diskutieren.

Sie sprechen vom Kaiser, von Gott, von der Kirche, von Himmel und Hölle. Immer wieder höre ich, dass die ewige Verdammnis droht, wenn man kein christliches Leben führt. Dann wird man ewig in der Hölle schmoren. Die Cottas sind die frommsten Menschen, die ich kenne. Sie fragen sich täglich, wie man die Gnade Gottes erlangen kann. Dazu versuchen sie, ohne Fehler zu leben. Ständig beten sie. Doch immer wieder sind sie ungerecht. Einmal entlassen sie mit Schimpf und Schande einen Knecht, der ein Fass Wein zerbrochen hat. Der Knecht beteuert, dass sich das Fass ohne sein Zutun vom Wagen gelöst habe. Es hätten doch andere befestigt.

Frau Cotta fragt ihren Mann am Mittagstisch, ob er nicht falsch gehandelt habe. Der Knecht habe ja nur die Aufgabe gehabt, den Karren nach Eisenach zu bringen. Doch Herr Cotta antwortet mit der Bibel: »Eure Rede sei ja, ja, nein, nein; was darüber hinaus ist, das ist von Übel.«

Ich merke, wie schwer es ist, in dieser Welt gottgefällig zu leben.

1501 beginnt ein ganz neuer Abschnitt in meinem Leben: Ich gehe zum Studium nach Erfurt. Wir Studenten müssen in einer Burse* wohnen und strengen Regeln folgen. Wir dürfen nur Latein sprechen, keine Waffen tragen und nicht in Wirtschaften gehen. Und natürlich müssen wir viel pauken.

Trotzdem nehmen wir uns unsere Freiheiten. Wir sind berühmt und berüchtigt für unser Auftreten: Einige von uns stolzieren wie die Pfauen in neuester Mode herum, klopfen stundenlang Karten, beleidigen noch den ehrsamsten Bürger. Wir singen und tanzen, huren und schlemmen, raufen und saufen. Ich genieße das Leben. Alles ist nun so leicht!

An der Universität lerne ich die Scholastik*. In den Seminaren wird diskutiert und argumentiert und disputiert. Ich verstehe mich gut darauf. Man nennt mich den Philosophen. Ständig geht es um die Frage, wie die Welt zu begreifen ist, wie das Leben, wie Gott. Ich höre von zwei verschiedenen Wegen. Der eine wird der alte genannt und geht auf den Griechen Aristoteles* zurück: Danach gibt es solche allgemeinen Ideen wie Liebe und Hass, Tapferkeit und Feigheit in der Wirklichkeit. Der andere, moderne Weg geht auf den Engländer Wilhelm von Ockham* zurück: Danach sind die allgemeinen Begriffe nur abstrakt, vom Menschen erfunden. Ich neige der Meinung Ockhams zu, der außerdem zwischen Glaube und Wissen trennt: Der Glaube ist unergründlich, aber das Wissen ist vom Menschen gemacht. Wie lässt sich Gott nur verstehen, frage ich mich. Wie kann man seine Gnade erlangen?

Im Januar 1505, mit 21 Jahren, schließe ich mein Studium ab. Nun bin ich ein Magister Artium. Von 17 Prüflingen schneide ich als Zweitbester ab. Ich bin jung, erfolgreich und gesund. Die Welt liegt mir zu Füßen. Der Vater sagt nun nicht mehr Du zu mir, sondern Ihr, wie man die Herrschaften meiner Zeit anredet: Ihr, Herr Luder. Er will freilich, dass ich weiterstudiere. Ich soll zu den ganz hohen Herren gehören. Drei Möglichkeiten habe ich: Theologie, Medizin oder Jura. Der Vater sagt, mit der Theologie würde ich mein Leben wegwerfen und als Mediziner würde ich selbst

krank. Er schlägt also Jura vor und ich stimme zu. Er sagt, damit könne ich später den Fürsten dienen und viel Geld machen.

Also fange ich im selben Jahr in Erfurt das Jura-Studium an. Mein Weg liegt klar vor mir. Dennoch nagt ein seltsamer Zweifel an mir.

Schul- und Lehrsystem im Mittelalter

Zu Luthers Zeiten war die Schule kein Spaß. Das Wissen wurde den Kindern regelrecht eingebläut. Wer nichts lernte oder nicht richtig lernte, wer störte oder träumte, wurde bestraft, gern mit Stockschlägen auf den Hintern. Dabei bestand das ganze Lernen darin, nachzusprechen und aufzusagen. Eigenes Nachdenken war nicht erlaubt.

So lernten die Kinder lesen und schreiben, das alles auf Latein, der Gelehrtensprache. Rechnen, Erdkunde und auch Deutschunterricht gab es noch nicht. Es gab auch noch keine Schulbücher. Allerdings wurde viel gesungen, weil auch das Singen dem Auswendiglernen diente. Die Texte hatten fast immer mit Religion zu tun.

Dabei war es nicht selbstverständlich, dass man als Kind überhaupt zur Schule gehen konnte. Viele Kinder aus armen Familien mussten, wenn sie kräftig genug waren, arbeiten gehen. Die Schule kostete Geld, und wer als Schüler in einer fremden Stadt lebte, brauchte zusätzlich Geld für Essen und Unterkunft. Deswegen zogen viele Schüler von Haus zu Haus, sangen und bettelten um Unterstützung.

An der Universität wurde in zwei Schritten ein Grundwissen gelehrt, genannt die *Sieben Freien Künste*. Sie bestanden im ersten Schritt aus dem Trivium, den drei Fächern Grammatik, Dialektik und Rhetorik, im zweiten aus dem Quadrivium, den Fächern Arithmetik, Geometrie, Musik und Astronomie. Auch dabei ging es darum, möglichst viel auswendig zu lernen. Allerdings wurde der Stoff von den Studenten zusätzlich besprochen, begründet und gerechtfertigt.

Es gab zwei Studienabschlüsse, zuerst den des »Bakkalaureus«, darauf folgte der des »Magister Artium«, also den des Meisters dieser Künste. Erst damit konnte man ein wirklich hohes Studium beginnen, bei dem man das Wissen der angesehenen Gelehrten erwarb: Theologie, Medizin oder Jura.

Auf diesem Holzschnitt von 1479 sieht man links den Lehrer mit der Rute. Hinten steht ein Schüler mit Eselsmaske. Die musste er tragen, weil er statt Latein Deutsch gesprochen hatte.

Auch an der Universität war das Leben der jungen Männer streng geregelt – Frauen ließ man zur Bildung überhaupt nicht zu. Um sich an die neuen Sitten zu gewöhnen, mussten die Studenten zunächst in einer Burse leben, einer Art Internat. Der Tagesablauf war genau geregelt und so geplant, dass eigentlich keine freie Zeit blieb. Noch zur Prüfung musste jeder Student beweisen, dass er sich eines anständigen Lebenswandels beflissen hatte. Und natürlich war auch die Universität nicht umsonst. Nur die Reichen (und solche waren bis dahin Luthers Eltern) konnten es sich erlauben, ihre Kinder dort weiterbilden zu lassen.

Ein zeitgenössischer Holzstich zeigt, wie die Lehrer zu Martin Luthers Zeiten ihre Schüler bestraften.

Der Welt rein abgestorben

Seit Mai sitze ich auf den harten Bänken der Universität von Erfurt und höre die Professoren dozieren. Ich fühle mich aber nicht wohl dabei. Das Lernen erscheint mir leer und ohne Gehalt. Die Juristerei drechselt bloß schön die Worte, so scheint es mir.

Vielleicht müsste ich doch Theologie studieren. Mich drängt es danach, den Sinn des Lebens und Gott zu begreifen. Ich habe Angst vor der ewigen Verdammnis. Das Leben kann schnell beendet sein. Und wie wird dann Gott über mich entscheiden? Was ist mit seiner Gerechtigkeit? Wird er mich strafen für meine Sünden? Ich müsste ein gerechteres Leben führen. Ich müsste gute Werke* tun. Denn vielleicht stehe ich morgen schon vor meinem Richter.

In Erfurt lauert plötzlich eine schreckliche Gefahr: die Pest. Im Frühjahr ist sie in die Stadt gekommen. Zwei Freunde hatte ich, zwei Studenten, mit denen ich fraß und sang und trank. Nun sind sie tot. Von Beulen war ihr Körper plötzlich überzogen und diese Beulen fingen an zu eitern. Mitten im Leben holt sich der Tod seine Opfer. Auch hat die Pest schon drei Professoren hinweggerafft. Es heißt, zwei von ihnen hätten am Ende ihrer Tage bedauert, statt Jura nicht Theologie studiert zu haben: So hätten sie leichter sterben können.

Die Pest ist die schlimmste Waffe, mit der Gott auf uns zielt. Ich habe die Pestkranken gesehen, wie sie auf abgelegenem Land als Aussätzige ihr erbärmliches, meist tödliches Dasein fristen. Keine Stadt öffnet ihnen die Tore. Trotzdem geht die Pest nun auch in

Erfurt um. Jeden Tag schiebt der Totengräber seinen Karren durch die Stadt und ruft: »Bringt eure Toten heraus!« Ich habe junge Mädchen gesehen, die an einem Tag fröhlich tanzten und am anderen todkrank im Bett lagen. Wie wählt Gott da aus? Wir sind doch alle Sünder. Und habe ich nicht auch gesündigt? Haben nicht viele der Mädchen auf meinem Schoß gesessen? Habe ich nicht geflucht und gelästert und angegeben?

Ich bin erschüttert und fliehe nach Hause, zu meinen Eltern. Aber auch bei ihnen fühle ich mich nicht mehr wohl. Der Vater will nur wissen, ob ich Erfolg habe, nicht, was mich bewegt. Und der Tod meiner Freunde, der Tod so vieler? Überall sterben sie, wo man geht und steht. Ich habe Angst.

Doch der Vater hört nicht zu. Er will nur, dass alles so geht, wie *er* möchte: Ich soll Anwalt werden, ich soll Geld verdienen, ja, er will mich durch eine ehrenvolle und reiche Heirat fesseln.

Traurig verlasse ich Ende Juni in diesem Jahr 1505 meine Eltern und mache mich auf den Weg zurück nach Erfurt, zurück zum Studium, zurück zu meinen Ängsten.

An einem Nachmittag am zweiten Juli ziehe ich über ein offenes Feld in der Nähe von Stotternheim, einem Dorf, das ich in weiter Ferne erkennen kann. Von dort sind es nur noch zwei Stunden bis nach Erfurt, dem Ort meiner Ängste. Es staubt bei jedem Schritt, so lange hat es nicht geregnet, und die Sonne brennt am Himmel wie ein Glutofen. Ich atme schwer die heiße Luft. Hinter mir sehe ich, wie sich der Himmel schwarz färbt. Ich gehe schneller. Immer wieder drehe ich mich um. Kein Laut ist mehr zu hören, kein Lüftlein regt sich, kein Vogel singt. Der Himmel hinter mir zieht sich zu wie ein riesiger Vorhang.

Plötzlich rauschen die Bäume und ihre Wipfel biegen sich wie Grashalme. Da treffen mich erste Regentropfen, groß und schwer wie Kieselsteine. Von oben dröhnt es wie das Weltengericht. Ich renne. Vor mir sehe ich einen Baum, der Schutz zu bieten scheint. Da werde ich plötzlich wie von einer Riesenfaust zu Boden geschlagen. Der große Baum vor mir brennt lichterloh. Immer mehr Blitze erleuchten den Himmel wie ein Höllenfeuer.

Da rufe ich, so laut ich kann: »Hilf du, heilige Anna! Ich will ein Mönch werden.«

Wird es da still? Hat mich die Mutter Maria erhört, die den Bergleuten hilft und vor Gewittern schützt? Ich weiß nicht. Noch lange kauere ich auf dem Boden wie ein Hase, der gejagt wird. Doch das Gewitter ist vorüber und ich lebe.

So ändert sich mein Leben plötzlich wie von einem Donnerschlag auf den nächsten. Gott hat mir einen neuen Weg gewiesen. Ihm muss ich mein Leben widmen. Ich werde ins Kloster gehen.

Dann nimmt mich Gott vielleicht gnädig auf und ich bin erlöst von meinen Sünden.

Meine Freunde in Erfurt sind fassungslos, als ich ihnen von meinem Entschluss berichte. Sie sagen, in einem Extremfall wie dem meinen sei man nicht an solch ein Gelübde gebunden. Sie wollen mit mir bei Bier und Wein darüber reden, doch ich lasse das nicht zu. Ich will nicht mehr weich werden.

Lange zögere ich, ehe ich den Eltern deswegen schreibe. Der Vater wird toben, wenn er hört, dass ich Mönch werde. Er will in seinen Kindern einen Rückhalt fürs Alter. Er hat mir den Weg zum Erfolg geebnet. Er wird aus der Haut fahren.

In meinem Brief erkläre ich genau meinen Entschluss, nämlich fortan ein gerechtes Leben ganz für Gott zu leben. Den Brief schicke ich erst zwei Wochen später ab, als ich wirklich ins Kloster gehe.

Am Abend vorher lade ich alle meine Freunde zu meiner Verabschiedung ein. Die Freunde wundern sich, wie ernst und streng ich nun bin.

»Martin, du wirst keinen Spaß mehr haben«, sagt einer.

Und ich antworte: »Gott wird nicht gnädig sein, wenn man im Leben nur Spaß wollte. Das Leben ist eine Prüfung.«

Da schaut der Freund mit verdrehten Augen in den Himmel. Ich bin in meinem Entschluss hart wie ein Fels, das spüren alle.

Am nächsten Morgen, als der Tag anbricht, führen mich meine Freunde zum Augustinerkloster. Bis zum Schluss haben viele von ihnen versucht, mich zurückzugewinnen. Doch ich habe mein Gelübde gegeben. Der heiligen Anna und somit Gott bin ich mein Leben schuldig. Nichts bindet mich mehr an die Welt: Alle sind unterrichtet, mein Zimmer ist aufgelöst, meine Habe verschenkt. Auf dem Weg weine ich so, dass es mich schüttelt. Dann bitte ich die Freunde zurückzubleiben. Ich umarme sie nicht mehr. Das letzte Stück gehe ich allein. Ich lasse alles hinter mir. Ich werde das Kloster nie mehr verlassen.

Als ich vor seinen hohen Mauern stehe, erscheint es mir plötzlich wie ein Zuhause. Und als sich das schwere Tor öffnet und ich eintrete, bin ich heiter. Mein Leben fängt neu an. Es liegt in der Hand Gottes. Der Welt bin ich nun abgestorben.

Die mittelalterlichen Glaubensfragen

Zu Luthers Zeit beherrschte der Glaube an Gott und die Kirche das Leben der Menschen. Über allem Handeln stand die Drohung der ewigen Verdammnis und zuvor des Fegefeuers* als Bestrafung für die begangenen Sünden. Auf dieser Angst beruhte die Macht der Kirche. Sie wurde von Rom aus durch den Papst regiert und versprach den Menschen, dass sie nicht in die Hölle kämen, wenn sie ein gerechtes, gottgefälliges Leben nach den kirchlichen Vorgaben lebten. Die Kirche bot außerdem die Möglichkeit, jeden Christen von seinen Sünden loszusprechen: Er konnte gute Werke tun, beichten oder sogar Geld an die Kirche bezahlen – damit wäre dann wenigstens das Fegefeuer verkürzt. Das Jüngste Gericht*, bei dem die Menschen entweder in den Himmel oder die Hölle geschickt würden, könne jeden Tag kommen.

So lebten die Menschen nicht nur in ständiger Angst – es herrschte geradezu eine Endzeitstimmung. Viele meinten wirklich, wie auch Luther, das Ende der Welt sei nahe. Schließlich lauerte der Tod um die Ecke. Seit über 100 Jahren war es in Europa immer wieder zum Ausbruch der

Pest gekommen, einer der schlimmsten ansteckenden Krankheiten in der Menschheitsgeschichte. Ihre Ausbreitung, die durch Flöhe von Ratten auf den Menschen erfolgt, konnte man sich nicht erklären. Allein wegen dieser tödlichen Krankheit gab es eine große Unsicherheit im Leben und im Glauben. Die Pest kannte keinen Unterschied zwischen Mann und Frau, Arm und Reich, Jung und Alt, Gut und Böse. Sie schien wie eine göttliche Strafe für die angeblichen Sünden der Menschen. Allein im Jahr 1450 starben in Magdeburg 8.000 Menschen an der Pest – jeder dritte Bewohner der Stadt. Als Luther in Erfurt studierte, kam es zwischen 1503 und 1505 auch dort zu einer Pestwelle, der noch weitere folgen sollten. Viele Menschen verzweifelten daher, auch in ihrem Glauben. Sie verstanden nicht, warum Gott etwa ihre unschuldigen Kinder mit dem Tod strafte.

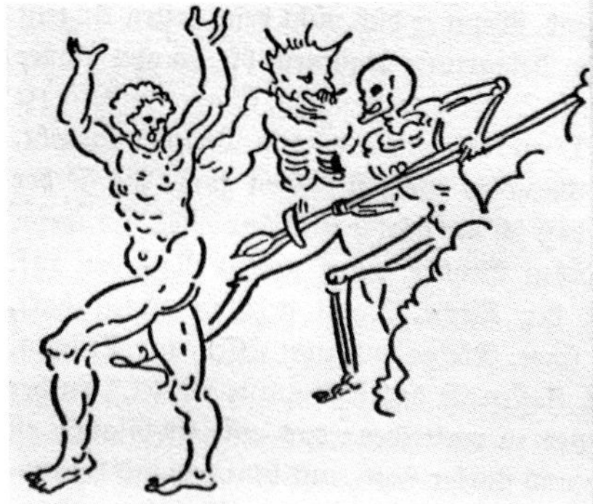

Tod und Teufel plagen eine Seele (zeitgenössischer Holzstich nach einer Zeichnung von Lucas Cranach d. Ä.)

Außerdem mussten die Menschen erleben, dass ausgerechnet die, die den rechten Glauben predigten, sich gar nicht an ihre eigenen Regeln hielten. Die meisten Kardinäle, Bischöfe und Priester lebten in Saus und Braus, fuhren in Kutschen, trugen goldbestickte Kleider und hatten Kinder, meist mit ihren Haushälterinnen. Sie predigten nicht nur öffentlich Wasser und tranken heimlich Wein, wie es hieß, sondern manche predigten auch gar nicht erst und tranken den Wein sogar öffentlich. Viele Menschen konnten nicht verstehen, wie solche Männer die rechten Vermittler der christlichen Lehre sein sollten. Ihr Glaube war erschüttert.

Wahr ist's, ein frommer Mönch bin ich

Ein Jahr und einen Tag bin ich Mönch auf Probe. So lange habe ich Zeit, meine Entscheidung zu überdenken. Doch es fällt mir leicht, diese Prüfung zu bestehen. Ich befolge die Regeln des Ordens so streng wie sonst kaum jemand. Die Tonsur*, die mir geschnitten wird, ist für mich eine Auszeichnung. Meine grob aus Flachs gewebte schwarze Kutte trage ich stolz wie einen Herrschermantel. Ich bete, ich wache, ich schweige, als hätte ich nie ein anderes Leben gekannt. Allein die Fastenzeiten dauern insgesamt vier Monate im Jahr – und ich faste mehr als vorgeschrieben.

Was mich mit am meisten quält, ist die Frage, wie mein Vater die Nachricht aufnehmen wird, dass ich ein Mönch werden will. Bald überreicht mir mein Novizenmeister mit ernster Miene einen Brief. Ich öffne ihn mit zitternden Händen. Der Absender ist mein Vater.

Mein Herz fängt an zu rasen, als ich lese, was er schreibt: Ich bin für ihn verloren, er will mich nie mehr sehen, keiner meiner Familie will mehr mit mir zu tun haben, auch nicht meine Mutter.

Mir dreht sich alles. So ist nun mein altes Leben vollständig ausgelöscht. Da kommt wieder mein Novizenmeister auf mich zu und mahnt mich zur Vesper*. Als ich dann mit den Mönchen singe, jubiliere ich innerlich. Gott wird mich verstehen. Es ist richtig, was ich tue.

Fortan arbeite ich und bete und faste wie ein Besessener. Bald bin ich stark abgemagert. Ich erkenne es an meinem Ledergürtel, den ich fast jede Woche enger schnallen muss. Es ist ein Zeichen, dass ich auf dem richtigen Weg bin und alle Versuchungen von mir weise. Tatsächlich weise ich sogar einmal das Stück Brot zurück, das mir der Küchenmeister heimlich zustecken wollte.

Trotzdem bleibt meine Unsicherheit, ob mich Gott auf meinem Weg erkennen wird. Denn wenn ich über seinen Zorn und seine schrecklichen Strafen nachdenke, kommen mir solche Schrecken, dass ich davon schier vergehe. Manchmal beichte ich fünf Mal am Tag, weil mir immer wieder Sünden einfallen: So lache ich über die dumme Bemerkung eines alten Mönchs, fluche, weil ich mir den Kopf an der Tür stoße, oder träume gar von einem nackten Weib. Ich muss doch Gott zeigen, dass ich wirklich rein sein will.

Der Novizenmeister ermahnt mich immer wieder, es könnte Gott nicht gefallen, wenn jemand wie verrückt seine Sünden bekennen will. Manchmal weist er mich sogar ab, wenn ich schon wieder beichten will. Er mildert ein wenig meine Ängste – und überhäuft mich mit Aufgaben. Schnell wird mir klar: Man will mich im Kloster in führende Stellungen hieven.

Nach zwei Jahren des Betens, Fastens und Kasteiens kommt für mich die größte Bestätigung, der größte Tag meines Lebens. Ich werde zum Priester ernannt und kann im Mai 1507 meine erste eigene Messe geben: Ich werde Brot und Wein reichen, den Leib und das Blut Jesu Christi, meines Herrn. Und zur Feier dieses Tages hat sich auch mein Vater angekündigt. Er hat meiner Entscheidung am Ende doch zugestimmt. Dafür danke ich Gott.

Am Morgen holt mich der Prior* persönlich aus meiner Zelle ab. Festlich gekleidet schreite ich in die Kirche, die bis auf den letzten Platz besetzt ist. Ich bin stolz und gebe mir doch Mühe, reine Gedanken und Gefühle zu haben. Als ich predige, ist meine Stimme klar und durchdringend, aber bei der Abendmahlsfeier* spüre ich plötzlich Christus so leibhaftig neben mir, dass ich die Messe nur mit letzter Kraft zu Ende bringen kann.

Mir schwindelt noch, als mich die Brüder danach freudig ins Refektorium* führen, wo die Tische reich gedeckt sind. Ich sitze meinem Vater gegenüber, der in Begleitung von zwanzig Reitern gekommen ist, und bin voller Freude. Er ist großzügig, spendet – als reicher Bergwerksbetreiber, der er längst ist – viel Geld, übernimmt die Kosten für das ganze festliche Mahl.

In die gebotene Stille hinein wende ich mich am Tisch an meinen Vater und spreche mit ihm. Als ich sehe, dass er wieder besänftigt ist, erkläre ich ihm, warum ich Mönch werden musste. Denn ich bin es ja nicht freiwillig oder auf eigenen Wunsch geworden, sondern weil mich der Himmel durch Schrecken gerufen hat.

Doch da habe ich einen wunden Punkt getroffen. Mein Vater schweigt und sein Gesichtsausdruck spricht Bände, während ich weiter erkläre, dass mich die Furcht vor einem plötzlichen Tod zu meinem Gelübde getrieben hat. Da sagt er kühl: »Möchte es nur nicht eine Täuschung und ein Blendwerk gewesen sein.«

Als wenn Gott durch seinen Mund gesprochen hätte, dringt dieses Wort in mich ein. Ich schrecke zusammen wie ein Kind. In meinem Vater steigt nun wieder die ganze Wut über mein Verhalten auf. Er spricht laut und klar zu mir wie ein Prediger, sodass es im ganzen Saal zu hören ist: »Hast du etwa auch noch nicht gehört, dass man seinen Eltern gehorchen soll?« Er spricht vom vierten Gebot.

In meinem ganzen Leben habe ich kaum ein Wort gehört, das mächtiger auf mich gewirkt hätte. Wie ist dieser Tag für mich verdorben!

Wieder habe ich danach große Zweifel. Und wieder versuche ich, Gott wohlgefällig zu sein. Immer wieder lese ich das Wort Gottes, studiere die Bibel, bis ich sie fast auswendig kann. Ich will ganz genau verstehen, wie ich Gott gefallen kann. Dazu bete und faste ich über alle Maßen. Sogar die Decke zum Schlafen lege ich beiseite und friere mich im Winter fast zu Tode. Trotzdem gelingt es mir nur selten, einen Tag hinter mich zu bringen, ohne unrecht getan zu haben. Auch kämpfe ich stets aufs Neue gegen unzüchtige Träume und Fantasien.

Von meinen Zweifeln, Sorgen und Ängsten lenkt mich immer wieder der Klosteralltag mit seinen Pflichten ab. Außerdem will der Prior, dass ich weiter studiere, nämlich die Theologie.

Das Klosterleben

Die mittelalterlichen Klöster waren von der Gesellschaft abgeschottete Orte, oft auch wirklich abseits gelegen. Man versuchte, alles auszuschließen, was vom Glauben ablenken konnte. Trotzdem führte auch für alle anderen Menschen kein Weg an ihnen vorbei. Denn die Klöster waren Schulen, Universitäten, Krankenhäuser, Herbergen und Geldgeber in einem. Sie hatten große Macht. In ganz Europa bestanden Tausende von Klöstern, streng nach Männern und Frauen getrennt. Es gab (und gibt bis heute) die Orden der Franziskaner, Benediktiner, Kartäuser, Zisterzienser und andere, jeweils mit ihren eigenen Regeln.

Freilich gingen die Menschen nicht alle freiwillig oder aus tiefer Frömmigkeit ins Kloster, so wie Martin Luther. Viele Kinder, für deren Erziehung und Ausbildung kein Geld da war und die nichts zu erben hatten, verschwanden hinter Klostermauern. Das war ein Grund dafür, warum viele Klöster zu reinen Aufbewahrungsanstalten verkamen, in denen die Regeln verwässerten.

Wenn aber die Klöster noch der Tradition folgten, wie das der Augustiner in Erfurt, dann ging es dort streng zu. Wer Mönch wurde, gab seinen ganzen Besitz dem Kloster, verpflichtete sich zu Armut, Ehelosigkeit und Gehorsam. Die

Martin Luther 1520 als Augustinermönch. Kupferstich von Lucas Cranach d. Ä. Dieses Porträt ist das erste offizielle von vielen folgenden. Es zeigt Luther ohne Ausschmückungen, ganz wirklichkeitsnah.

Mönche wollten keine Sünde begehen und möglichst gar nicht erst in Versuchung kommen. Das Leben war ganz von Gebeten und ernster, erschöpfender Arbeit bestimmt, für Freude und Spaß sollte kein Platz sein.

Der Tag war in sieben Abschnitte unterteilt. Zu den entsprechenden Zeiten versammelten sich die Mönche jeweils und beteten und sangen. Sonst arbeiteten sie, lasen fromme Bücher oder beteten allein. Die Mönche aßen nur zweimal am Tag, am Mittag und am Abend. Oft fasteten sie. Sie schliefen angekleidet im Schlafraum, dem Dormitorium, auf Strohsäcken. Ihre winzigen, ungeheizten Zellen nutzten sie eigentlich nur zum Bücherstudium, in der wenigen Freizeit, die sie hatten. Im Winter gab es für sie nur einen einzigen geheizten Raum, die Wärmestube, wo sie eine Zeit lang der Kälte entfliehen und ihre Kleidung trocknen konnten.

Es gab genaue Ordensregeln, die vor allem Gehorsam forderten. Die Mönche durften nicht sprechen, wann sie wollten, lautes Lachen war verboten. Sie mussten beim Gehen den Blick senken und durften sich beim Sitzen nicht anlehnen. Wer gegen die Regeln verstieß, wurde bestraft. Dazu musste sich der Büßer ausziehen und sich von den anderen auspeitschen lassen. Jeder eigene Wille und Wunsch sollte abgetötet werden.

Ich bin eine neue Kreatur, nicht des Papstes, sondern Christi

1508 schickt man mich nach Wittenberg, ein Städtchen mit 2.000 Einwohnern, das zwar einem Dorf gleicht, aber sich prächtig entwickelt. Dort halte ich an der Universität Vorlesungen über Moralphilosophie und beschäftige mich mehr mit Aristoteles als mit der Bibel. Das bringt mich manchmal ganz durcheinander. Ich frage mich, ob mein Weg zu Gott der richtige ist, ob es der einzige ist.

Schon im nächsten Jahr schließe ich mein Studium ab und unterrichte fortan an der Erfurter Universität. Im Kloster bin ich nun eine Autorität. So schickt man mich 1510 nach Rom. Ich soll, begleitet von einem Pater, in der heiligen Stadt mithelfen, einen mönchischen Streit zu schlichten. Mitte November machen wir uns auf den Weg.

Wie es sich für Mönche gehört, legen wir die Strecke zu Fuß zurück. Wir gehen hintereinanderher, meistens schweigend, die Ka-

puzen über den Kopf gezogen, die klammen Hände in den Ärmeln vergraben. Wir kommen im Schnee oft schlecht voran, besonders in den Alpen, wo wir auf weiten Wegen um riesige Berge herumgehen und bis in eine Höhe steigen müssen, wo gar keine Bäume mehr wachsen. Jeden Tag ziehen wir mindestens sechs Stunden dahin und übernachten in Klöstern auf dem Weg. Leider sind sogar in Italien die Städte verschneit. Nach sechs Wochen sind wir endlich am Ziel.

Die Ewige Stadt erfüllt mich mit großer Ehrfurcht angesichts all ihrer Kirchen, Heiligtümer und Reliquien*, die von den Qualen unserer vielen Märtyrer* künden. Sooft es geht, mache ich mich auf, um zu beichten oder um Ablass für meine Sünden zu erlangen. Außerdem möchte ich auf diese Weise meinen verstorbenen Verwandten und Bekannten das Fegefeuer verkürzen. Meinen Großvater versuche ich, sogar ganz aus dem Fegefeuer zu erlösen, indem ich die heilige Treppe des Lateran-Palastes auf dem Bauch hinaufrutsche.

Nach einem Monat treten wir die Heimreise an. Mich hat Rom ein wenig verwirrt. Man ist dort im Glauben so schnell und oberflächlich. Ripsraps haben die Priester die Messe verrichtet, als trieben sie ein Gaukelspiel. Wenn man selbst die Messe richtig halten will, rufen die römischen Prediger: »*Passa, passa*, fort, fort! Schicke unseren Frauen ihren Sohn bald wieder heim!« Ich habe das Gefühl, das Seelenheil ließe sich dort sogar erkaufen.

Zurück in meinem Erfurter Kloster, werde ich bald gedrängt zu promovieren. Es ist Johannes von Staupitz, der Vorsitzende der

Universität von Wittenberg, der mich dazu treibt. Ich soll nicht nur Doktor werden, sondern als Doktor dann auch unterrichten. Das

überfordert mich. Ich soll die Lehre Gottes verkünden und bin doch zutiefst ein Sünder. Erst neulich habe ich einem Klosterbruder wegen einer dummen Antwort frech ins Gesicht gelacht. Auch habe ich schon wieder im Traum ein junges Weib ganz nackt vor mir gesehen. Ich ersticke an meinen Sünden.

Staupitz weist mich aber zurecht. Ich soll nicht aus jedem Furz eine Sünde machen, sagt er. So füge ich mich.

Im Oktober 1512 habe ich es schon geschafft. Ich bekomme den Doktorhut aufgesetzt und bin stolz darauf. Nun habe ich geradezu die Pflicht, den Glauben und die Lehre zu hinterfragen. Ein Jahr später halte ich in Wittenberg die ersten Vorlesungen. Von Mal zu Mal kommen mehr Zuhörer.

Immer wieder brüte ich über der Bibel und würge mich in sie hinein, die sonst kaum jemand liest. Auch wir Mönche lesen eher Bücher über die Bibel, was also die Experten aus ihr herausgelesen haben. Die Bibel selbst ist ja heilig und wir begegnen ihr mit großer Ehrfurcht. Und sie ist teuer. Auch wenn es nun die Kunst des Buchdrucks* gibt, diese letzte Flamme vor dem Auslöschen der Welt, kostet ein Exemplar das Jahresgehalt eines Schullehrers. Wir haben im Kloster nur wenige Bibeln. Und dann ist ihr Text auf Latein, was es schwer macht, sie ganz zu begreifen. Ich aber versuche das. Ich merke, wie wichtig es ist, ihre Worte richtig auszulegen.

Eines Tages dämmert es mir. Ich lese eine Stelle im Römerbrief* des Apostels Paulus*, wo es heißt: »So halten wir nun dafür, dass der Mensch gerecht wird ohne des Gesetzes Werke, allein durch den Glauben.«

»Allein durch den Glauben!« – wiederhole ich immer wieder. Es durchfährt mich. Wir können uns die Gnade Gottes nicht erdienen, sie uns nicht erarbeiten. Um die Gerechtigkeit zu erlangen, um also von Gott nicht bestraft zu werden, müssen wir nur glauben. Gott hat uns durch den Tod seines Sohnes am Kreuz erlöst. Das ist seine Gnade, die er jedem von uns gegeben hat. Wir können sie uns nicht durch gute Werke verdienen. Wir haben sie, wenn wir nur glauben.

Es ist, als hätte mir Gott den rechten Weg zum Glauben gezeigt – und als hätte er mich auf diesen Weg gewiesen, damit ich ihn den anderen Menschen zeige. Denn es ist doch sogar meine Aufgabe als Doktor der Theologie, Glaubensfragen öffentlich zu erörtern.

Und da ist auch etwas anderes, was mich sehr beschäftigt: Seit Kurzem treibt sich in der benachbarten Stadt Jüterbog ein Mann namens Johann Tetzel herum, der sogenannte Ablässe verkauft. Angeblich kann die Kirche etwas von der überschüssigen Sühne

zurückgeben, die Christus und alle Heiligen geleistet haben. Tetzel verkündet nun, gegen die Zahlung von Geld wäre den Sündern die Buße erlassen, ja, sogar für die Verstorbenen lässt sich bei ihm, dem Abgesandten des Papstes, ein Ablass erwerben. Er ruft sogar aus: »Sobald die Münz' im Kasten klingt, die Seele aus dem Feuer springt.« Welche Anmaßung – und das im Namen des Papstes! Einige meinen inzwischen sogar, sie könnten neue Sünden begehen, denn die alten hätten sie ja abbezahlt.

Also bereite ich etwas Besonderes vor: Ich setze mich hin und schreibe auf, was zum richtigen Glauben gehört und was mich dabei an der Kirche stört. 95 verschiedene Gedanken habe ich dazu. Als 95 Thesen formuliere ich sie auf Latein. Weil mich die Meinung anderer dazu interessiert, lasse ich sie auf einem Bogen Papier drucken und schicke sie an bekannte Gelehrte. Es ist ja inzwischen so leicht geworden, seine Meinung mithilfe der Buchdruckerkunst zu verbreiten. Sie ist bestimmt auch das beste Mittel, die Worte Gottes unter das Volk zu bringen.

Obwohl meine Thesen eigentlich nur für das Gespräch in der Kirche bestimmt sind, werden sie nachgedruckt – und machen die Runde. Sie werden auch bald auf Deutsch gedruckt. Ich selbst fasse sie dann in meiner Muttersprache zusammen und gebe sie zum Druck frei. Bald höre ich, wie man überall über sie spricht. Nicht nur meine Ordensbrüder, auch Kaufleute, Handwerker und Lehrer fordern mich deswegen zum Gespräch heraus. Viele klopfen mir auf die Schulter und zeigen mir schon auf diese Weise, was sie von meinen Ideen halten. Ich merke, da kommt etwas in Gang.

Ich erkenne immer mehr, wie verrucht die Kirche geworden ist, wer sie in den Dreck führt, wer sie missbraucht, von welchem Teufel sie geritten wird. Ich spreche es jeden Tag deutlicher aus. Der Mensch kann nicht über irgendwelche Bußen, die ihm von der Kirche auferlegt werden, vor Gott gerecht werden. Und schon gar nicht lässt sich das Seelenheil erdienen, geschweige denn mit Geld erkaufen. Unsere Sünden werden ohne Verdienst verziehen, wenn wir nur glauben. Und zum wahren Glauben gehört nicht mehr als der Glaube selbst.

Im Jahr 1517 ändere ich meinen Namen von Luder in Luther. Ich halte mich dabei an das griechische Wort *eleutheros*, was so viel wie »frei« bedeutet. Denn so fühle ich mich nun: als Sünder befreit, als ein neuer Mensch. Außerdem lässt sich so mit meinem Namen kein Spott mehr treiben.

Die Reformation – ein neuer Glaube

Die 95 Thesen bildeten den Anfang einer gewaltigen Bewegung in ganz Europa. Selbst wenn es wahr sein sollte, dass Luther sie am 31. Oktober 1517 an die Tür der Schlosskirche in Wittenberg anschlug, wie die Legende* es will, war dies nicht als Kundgebung für das Volk gedacht. Die Thesen waren eigentlich für das Gespräch unter Gelehrten bestimmt, als Aufforderung zur Diskussion. Vor allem wetterte er darin gegen den Ablasshandel: Die Kirche machte ein Geschäft damit (und zwar ein sehr gutes), indem sie den einfachen Gläubigen versprach, sie könnten sich von ihren Sünden freikaufen. Doch überall erkannten Drucker den Zündstoff, den Luthers Thesen in sich bargen, und das damit mögliche Geschäft. So verbreiteten sie sich, besonders auch in deutscher Fassung, wie im Flug.

Die Bibel war in Luthers Augen die Grundlage des Christentums. Also fragte er sich: Wie ist die Bibel richtig zu verstehen? Das war im Grunde die Frage, die zu Luthers neuem christlichen Glauben führte. Luther deutete bestimmte Worte der Bibel ganz neu. Für ihn hießen Begriffe wie die Gerechtigkeit oder die Gnade Gottes nicht, dass sich Gott am Ende als Richter gerecht oder gnädig erweisen wird – sondern für Luther war Gottes Gerechtigkeit und Gnade dem Menschen von vornherein geschenkt: Er muss sie nur durch Glauben annehmen. Seiner Meinung nach will Gott den Menschen angesichts ihrer Sünden helfen. Luthers Gott ist ein Gott der Gnade.

Daher muss der Mensch sich diese Gnade nicht noch erarbeiten. Als sündiger Christ hat er die Gnade sicher, wenn

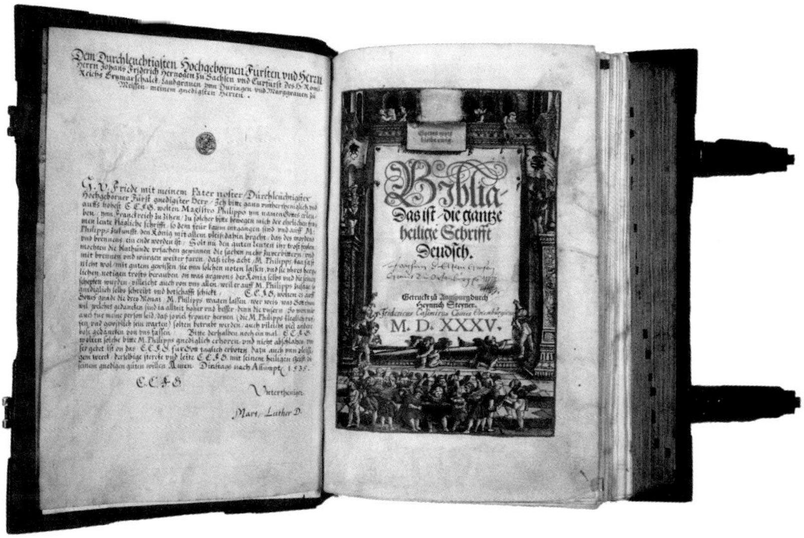

Eine der schönsten der so genannten Luther-Bibeln. Auf der Titelseite steht: BJblia / Das ist die gantze / heilige Schrifft / Deudsch. / Getruckt zu Augspurg durch / Heynrich Steyner. / M. D. XXXV. *Sie ist also aus dem Jahr 1535 und enthält viele Holzschnitte von berühmten Künstlern ihrer Zeit. Gedruckt wurde ein Teil der Auflage in mehreren Bänden auf Pergament, also auf Tierhaut, dem bis heute wertvollsten »Papier«. Das Format heißt Folio und ist hier 31 cm hoch.*

er sie nur gläubig aufnimmt. Damit hatten für Luther aber nicht nur die Beichte, die Ablässe und Fürbitten und Wallfahrten ihren Sinn verloren, sondern auch all die Heiligen, die als Vermittler zu Gott dienen sollen. Sogar die Priester, die Bischöfe, die Kardinäle und erst recht der Papst hatten für ihn keine Berechtigung mehr, weil jeder Mensch die Gnade Gottes ohne Umwege erlangen könne. Am Ende gab es in diesem neuen Glauben auch für das Mönchswesen keinen Platz mehr, weil sich die Gnade Gottes eben nicht durch ständiges Beten, Beichten, Fasten und Kasteien erlangen lasse. Gott sollte man eher durch wohlgefälliges Arbeiten dienen, nicht durch abgeschiedenes, stundenlanges Beten.

Auf diese Weise machte Luther den Menschen das Leben leichter. Sie mussten nun nicht mehr ständig fürchten, auch wegen kleiner Sünden bestraft zu werden, und sie mussten nicht ständig die Kirche darum bitten, sie von ihren Sünden loszusprechen. Weil Luther damit den ganzen Kirchenapparat, mit dem Papst, den Priestern, den Klöstern, den Heiligen, den Reliquien, für überflüssig erklärte, war das aber auch im Sinne einzelner Fürsten und vieler Kaufleute: Sie wollten ihre eigene Macht stärken. So hatte Luther bald einflussreiche Unterstützer, ohne die er wahrscheinlich nicht überlebt hätte – und so konnte sich seine neue Lehre schnell ausbreiten, zuerst in Deutschland, dann auch besonders in Nord- und Westeuropa. Heute gibt es weltweit Hunderte Millionen Anhänger der Evangelischen beziehungsweise Protestantischen Kirche. Sie folgen zwar vielen unterschiedlichen Glaubensgrundsätzen und Ritualen, beruhen aber alle auf Martin Luthers Prinzipien: Für die christliche Lehre reichen allein der Glaube, die Bibel und die Gnade Gottes.

Je mehr jene wüten, umso weniger lasse ich mich einschüchtern

Je besser ich nun Gottes Worte in der Bibel verstehe, desto mehr Leute hören auf mich – und desto verärgerter sind die Kirchenherren. Ich soll zum Verhör nach Rom kommen …

Zwar kenne ich mich in der Politik nicht aus, weiß aber, was Ketzern* blüht. Denn zu einem solchen wollen sie mich machen. Freunde von mir warnen mich. Sie verhandeln in meiner Sache und erreichen, dass ich auf deutschem Boden vernommen werden soll.

Im Frühjahr 1518 laden mich die Leiter meines Ordens nach Heidelberg ein, damit ich mich dort rechtfertige. Ich befürchte das Schlimmste. Wieder werde ich gewarnt, man wolle mich als Ketzer gefangen nehmen und nach Rom ausliefern. Zu meiner Überraschung werde ich aber ehrenvoll empfangen. Ich habe immer mehr Unterstützer für meine Ansichten. Man fährt mich in einer Kutsche nach Hause zurück.

Dann wird es jedoch wirklich ernst für mich: Ich muss nach Augsburg reisen. Dort treffe ich auf einen Mann namens Thomas Cajetan, einen päpstlichen Gesandten, einen Kardinal. Wie ich höre, hat er den Verhandlungsraum extra mit purpurnen Vorhängen ausstatten lassen, um seine Macht hervorzuheben. Ich werfe mich vor ihm nieder und er heißt mich mit einem Fingerzeig aufstehen. Schnell kommt er zur Sache: Ich soll widerrufen. Er versucht mit allen Mitteln, schmeichelnd und drohend, mich von meinen Erkenntnissen abzubringen. Doch ich kann nicht mehr hinter das Wort Gottes zurück. Nur daran will ich gemessen werden.

Als mich dieser Cajetan schließlich anschreit, schreie ich zurück – eine Ungeheuerlichkeit, das weiß ich. Aber ich werde mir mein Wort, das von Gott ist, nicht mehr nehmen lassen. Als Cajetan mir dann mit Gewalt droht, wende ich mich ab und gehe. Ich muss mir nichts vormachen: Damit ist das Tischtuch zwischen uns zerschnitten, zwischen mir und Rom.

Nun muss ich wirklich fürchten, dass die Kirchenherren zu anderen Mitteln greifen als bisher. In der Nacht lässt man mich über die Stadtmauer heimlich entkommen. Ein Pferd steht für mich bereit, auf dem ich hart trabend acht Stunden am Stück reite.

Zurück in Wittenberg bereite ich meine endgültige Flucht vor, ehe ich erfahre, dass mein Landesherr Friedrich III. mich nicht ausliefern wird. Und noch etwas hilft mir: Im Januar 1519 stirbt Kaiser Maximilian I.*. Deswegen schiebt man meinen Fall auf die lange Bank, vergisst ihn aber nicht. Ich selbst finde keine Ruhe mehr. Inzwischen habe ich so viele Anhänger, die mich vorwärtsdrängen: In Predigten, Verhandlungen, Diskussionen und in Schriften muss ich erklären, was ich will.

Schließlich fordert mich ein gewisser Johannes Eck* heraus: Ich soll meine Meinung öffentlich gegen ihn verteidigen. Wir treffen uns in Leipzig – und streiten drei Wochen lang, Eck und ich und unsere Anhänger. Am Ende hat mich Eck tatsächlich in die Falle getrieben: Ich spreche öffentlich aus, dass ich die bedingungslose Herrschaft des Papstes nicht anerkenne. Das ist der endgültige Bruch mit der römischen Kirche.

Daraufhin erlässt man in Rom eine Bulle* gegen mich, die lautet: *Bulla contra errores Martini Lutheri,* das heißt: Bulle gegen Martin Luthers Irrtümer. Wenn ich nicht widerrufe, werde ich exkommuniziert*.

Noch einmal versuche ich, meine Ansichten zu erläutern, und schreibe dazu die Schrift *Von der Freiheit eines Christenmenschen.* Aber ich höre nicht, dass man darauf in Rom eingehen will. Das öffnet mir nun endgültig die Augen.

Den Papst sehe ich inzwischen als großen Lügner und Heuchler. Wie kann so jemand überhaupt die Kirche leiten? Wie kann Gott das zulassen? Bald erhärtet sich in mir ein Verdacht: Wie es in der Bibel prophezeit ist, sitzt auf dem päpstlichen Thron der wahre Teufel, der Antichrist*. Denn der wird erscheinen, wenn das Ende der Welt bevorsteht.

Also mache ich den entscheidenden Schritt und fordere die römische Kirche offen heraus: Vor dem Volk von Wittenberg verbrenne ich am 10. Dezember 1520 diese Bulle und mit ihr alle päpstlichen Verfügungen, und zwar auf dem Schindanger. Die Welt muss erkennen, welcher Teufel sie reitet. Die Antwort ist entsprechend: Ich werde exkommuniziert.

Daher will und muss ich von diesen Herrschaften nun ganz anders reden. Ich veröffentliche meine Erkenntnisse über das neue Verhältnis zu Gott in langen Schriften. Sie werden überall verbreitet. Begierig liest sie das Volk oder hört davon. Wenn ich nun schreibe, fließt mir's nur so zu. Ich brauche nicht zu pressen und nicht zu drücken. In Wittenberg werden die Drucker reich an mir. Meine Worte drängen den katholischen Glauben zurück.

Der Kampf ist riesig geworden. Bald soll es zur letzten, entscheidenden Auseinandersetzung kommen: Im März 1521 überreicht mir ein Bote ein versiegeltes Schreiben, eine offizielle Einladung: Ich soll tatsächlich auf dem Reichstag in der Stadt Worms vorsprechen. Denn man will sich doch an das Recht halten: Ehe man jemanden verurteilt, muss er vorher angehört werden.

Ich kann mich noch gut daran erinnern, wenn einer in der Schule etwas Falsches sagte. Der wurde vom Lehrer zurechtgewiesen und bekam Stockschläge. Ich muss aber nicht zu einem Lehrer, ich muss zu den Lehrern der ganzen Welt, und in diesem Sinne auch zum Schulleiter: zum neu gewählten Kaiser Karl V.*. Und ich weiß: Etliche erwarten von mir, dass ich zugebe, ich würde etwas Falsches sagen.

Doch auch wenn in Worms so viele Teufel wären wie Ziegel auf den Dächern, ich werde dorthin gehen. Ich glaube, Gott wird mich schützen. Ich kann sein Wort besser verstehen als die römischen Gelehrten. Sie stolzieren und prahlen nur mit ihren Eselsköpfen und ziehen unsere Kirche in den Schmutz. Sie sollen mir nur ruhig zeigen, wo ich gegen das Wort Gottes verstoße, was sie selbst ständig tun.

Die politische Lage

War es »Glück«, dass Luther seine neuen christlichen Ideen durchsetzen konnte? Mit Sicherheit war die Zeit für einen wie ihn reif: Die verunsicherten Menschen verlangten nach neuer geistiger Führung. Zugute kam ihm aber auch die verworrene politische Lage.

Im Heiligen Römischen Reich Deutscher Nation* gab es viele einzelne Staaten, die ihre eigenen Interessen verfolgten. Der Kaiser wurde von den wichtigsten Landesfürsten gewählt; seine Macht war jedoch eingeschränkt. Der größte Staat im Reich war das Haus Habsburg, dem weite Teile Österreichs, Süddeutschlands, aber auch der Niederlande und Burgunds gehörten. Nicht nur die anderen deutschen Staaten, sondern auch der Papst und der französische König wollten verhindern, dass die Habsburger noch mächtiger würden.

Nach dem Tod des deutschen Kaisers Maximilian I. im Jahre 1519 versuchten die Habsburger, unter allen Umständen wieder einen der ihren zum Kaiser zu machen. Infrage kam Maximilians Enkel Karl, der spätere Karl V., der bereits über Spanien herrschte. Um dies zu verhindern, suchten Papst, französischer König und verschiedene deutsche Fürsten nach einem anderen Kandidaten. Sie umwarben deswegen Friedrich III., den Kurfürsten von Sachsen, genannt »der Weise«, obwohl dieser sich weigerte, den Bann an seinem Untertan Luther zu vollstrecken. Am Ende nahm Friedrich III. die Kandidatur zur Kaiserwahl aber nicht an. Die Rolle erschien ihm wohl zu groß. Karl V. wurde der neue Kaiser.

Dieser politische Wirrwarr bewirkte, dass es weder Papst noch Kaiser durchsetzen konnten, Luther zu ergreifen. Ihnen fehlte auch die breite Unterstützung. Es gab viele deutsche Landesherren, denen seine Lehre nur recht kam, um sich dem römischen Einfluss zu entziehen. Sie wollten sich vom Papst schon lange nicht mehr hineinreden lassen; und sie wollten nicht, dass in ihrem Land so viel Geld nach Rom floss.

Obendrein lenkte die ständige Gefahr weiterer türkischer Eroberungen die westlichen Herrscher ab. Das Osmanische Reich hatte schon den ganzen Balkan erobert und ging gegen Ungarn vor. Tatsächlich sollte 1529 der türkische Sultan Süleyman I.* Wien belagern, die Hauptstadt des mächtigen Habsburger Reiches.

Gegen Luther und seine Anhänger konnten Kaiser und Papst kriegerisch nicht vorgehen. Beinahe ungehindert konnte sich so die Reformation ausbreiten.

Ein Holzschnitt von 1556 illustriert, wie Martin Luther die päpstliche Bulle verbrennt.

Nie werde ich irgendeinen Buchstaben zurücknehmen

Am 2. April 1521 reise ich nach Worms ab. Ich fühle mich ziemlich sicher, weil inzwischen selbst Fürsten für mich einstehen, insgeheim auch Friedrich III.*, mein eigener Landesherr. Ganz offen unterstützt mich das Volk. Ich glaube, wenn meine Feinde mir etwas zuleide tun wollen, werden sie seinen Zorn spüren.

Überall begegnen mir die Leute voller Freude. Auf meinem Weg empfangen sie mich weit vor der Stadtmauer, reichen mir Brot und Wein und lassen mich in ihren besten Betten schlafen. Immer wieder fordern sie mich auf, zu predigen und ihnen die Bibel zu erklären. Das tue ich, wenn Zeit dafür ist. Wenn es das kühle Wetter zulässt, sitze ich am Abend draußen, spiele auf der Laute, singe Lieder und trinke Bier und Wein. Und Späße mache ich. Denn auch wenn ich mich zum Teufel höchstselbst begeben sollte, es gilt doch: Aus einem verzagten Arsch kommt kein fröhlicher Furz.

Am 16. April treffe ich in Worms ein. Wie ich da empfangen werde! Die Leute stellen Bänke und Stühle auf die Straße und steigen darauf, um mich zu sehen. Manche klettern auf die Mauern

und Dächer. Die bewaffneten Reiter, die mich begleiten und schützen, können kaum den Weg für meine Kutsche freihalten. Die Leute rufen mir zu und machen mir Mut. Viele versuchen, mich anzufassen und zu streicheln. Bis spät in die Nacht sitze ich mit Anhängern und Freunden in einem Garten zusammen. Wir singen, reden und trinken Wein. Ich werde umlagert wie ein Heiliger.

Am nächsten Tag werde ich am Nachmittag abgeholt. Ich mache Späße. Ich weiß, Gott ist mit mir. Die beiden Ritter, die mich begleiten, führen mich wie einen Dieb auf Umwegen zum großen Hof des Bischofs von Worms, wo der Reichstag versammelt ist. Es geht durch Gärten und Schleichwege entlang. Ich muss dann fast mit Gewalt in den Sitzungssaal geschoben werden, so drängelt sich wieder das Volk um mich. Mit aller Kraft werden die Menschen hinausgestoßen und die schweren Eichentüren geschlossen. Ich meine fast, sie würden zuschlagen wie Gefängnistüren.

In dem Saal ist die Luft zum Schneiden dick. Überall an den Wänden brennen Lichter und Fackeln. Von allen Seiten wird gerufen und gebrüllt. Alle Anwesenden sind gekleidet in Wolle und Pelz und Seide. Sie sind die Herren der Welt. Ich trage meine Mönchskutte aus Flachs. Meine Tonsur habe ich mir noch einmal weit ausrasieren lassen.

Plötzlich fasst mir wieder ein Mann an die Schulter. Es ist Georg von Frundsberg, ein Hauptmann der Landsknechte*. Spricht er mir wirklich Mut zu und sagt zu mir: »Mönchlein, Mönchlein, du gehst jetzt einen schweren Gang. Sei nur getrost: Gott wird dich nicht verlassen«? Ich sehe alles wie im Nebel, höre alles wie von Ferne.

Bis zu einem Tisch werde ich geführt. Auf dem liegen viele meiner Bücher. Ich sehe den neu gewählten Kaiser über mir thronen. Jung ist er, dieser Karl V. Er könnte mein Sohn sein. Er verzieht keine Miene. Mir schwindelt. Ich habe das Gefühl, der Teufel hätte mir

eine Kordel um den Hals gelegt und zugezogen. Sofort verstehe ich: Von diesem Kaiser kann ich keine Unterstützung erwarten.

Einer der Herrschaften redet laut, auf Latein und auf Deutsch. Es ist der Erzbischof von Trier, der mit einer Stimme spricht, die alles durchdringt: Erstens soll ich sagen, welche der Bücher von mir sind. Zweitens soll ich sagen, ob ich etwas von dem zurücknehmen will, was in meinen Büchern steht.

Es ist atemlos still. Alle die Herrschaften wollen mich hören. Ich spüre, wie der Schweiß in meiner Kutte herabrinnt. Mir kommt es vor, als würde ich dampfen wie ein Waschtrog. Mir stockt die Stimme. Ist wirklich alles richtig, was in meinen Büchern steht? Vieles habe ich aus Zorn geschrieben. Doch ist es nicht wahr: Die Menschen können doch nicht selbst entscheiden, dass sie durch Beten in den Himmel kommen! Das macht ihnen die Kirche aber weis: Sie lässt die Menschen sich ihre Sünden wegbeten. Und wird nicht den Gläubigen der Himmel versprochen und ihnen dafür ihr Geld genommen? Kann das der wahre Glaube sein? Kann denn der Mensch bestimmen, wer richtig an Gott glaubt?

»Ich bitte um Bedenkzeit«, rufe ich schließlich.

Ich sehe, wie sich viele Herren mit offenem Mund anstarren. Sie wollten die ganze Angelegenheit schnell hinter sich haben. Nun bin ich ausgewichen. Deswegen können sie nicht gleich über mich urteilen.

Und richtig: Nachdem sich die wichtigsten Personen beraten haben, sagt mir der Erzbischof von Trier in verschnörkelter Sprache: Ich soll morgen noch mal zur selben Zeit erscheinen.

Man kann in seinem Leben an eine Weggabelung kommen. Dort muss man sich entscheiden, ob man besser links geht oder rechts. Ich will mir das genau überlegen. So lange werden die Herrschaften noch warten können, auch wenn sie dafür eine weitere Nacht in ihren unbequemen Betten verbringen müssen, wo sie die Flöhe beißen. Auch so werden sie ein wenig besser verstehen, wen sie vor sich haben: einen Mönch, der jahrelang auf einem Strohsack schlief.

Ich brauche etwas Ruhe. Aber nun reden erst recht viele auf mich ein, Bekannte und Fremde. Immer wieder werde ich gedrängt, einfach zu sagen, dass ein paar Dinge, die ich geschrieben habe, nicht richtig seien. Doch ich werde nicht klein beigeben, nicht vor diesen Herrschaften, die jeden Tag die Kirche und Gott verraten. Spät komme ich endlich ins Bett – und weiß: Am nächsten Tag werde ich anders auftreten.

Als ich am Nachmittag wieder zum Hof des Reichstags geführt werde, spüre ich, dass die Spannung sich noch gesteigert hat. Der Saal scheint nun aus allen Nähten zu platzen.

Als ich vorgelassen werde, dämmert es bereits. Das flackernde Licht schafft in dem riesigen Saal eine zitternde Stimmung. Wieder werde ich angefasst, wieder machen mir so viele Mut. Wieder stehe ich vor meinen Büchern.

Und wieder fragt mich streng der Erzbischof von Trier, ob dies meine Bücher sind und ob ich sie für falsch erkläre.

Ich beginne zu sprechen und diesmal ist meine Stimme laut und klar wie eine Trompete. Ich merke, wie sie in jedes Ohr dringt. Und ich merke, wie der liebe Gott mich stützt. Ich erkläre meine Ideen und Gedanken und bleibe ruhig, auch wenn ich immer wieder barsch angefahren werde. Ich sehe, wie sich der Kaiser unruhig auf seinem Thron bewegt. Ihm wird ins Ohr geflüstert.

Auf einmal wird mir gesagt, ich solle nun endlich klar und deutlich erklären, ob ich zu meinen Büchern stehe oder nicht. Mich durchfährt es. Manchmal kann man reden, wie man will, keiner will einen verstehen. Dann sagt man nur einen Satz und plötzlich haben alle verstanden.

Ich drücke den Rücken durch und schaue in die Gesichter der vielen Männer, die mich mit großen Augen anstarren. Ich sage: »Nun gebe ich eine Antwort, die weder Hörner noch Zähne hat: Wenn ich nicht durch die Heilige Schrift widerlegt werde, bin ich mit meinem Gewissen gefangen durch Gottes Wort.« Meine Stimme ist klar wie die Luft nach einem Gewitterregen. Und zum Schluss werfe ich den Kopf zurück und sage noch: »Gott helfe mir. Amen.«

Es bricht ein ungeheures Getöse los. »Du irrst dich, Martin Luther!«, wird mir noch zugerufen. Da macht der Kaiser eine Handbewegung, steht auf und geht. Ich habe gewonnen, davon bin ich überzeugt. Gott hat mir zum Sieg verholfen.

Meine vielen Freunde begleiten mich hinaus, vorbei an Gesichtern, die leuchtend sind wie der Tag oder finster wie die Nacht. »Ins Feuer!«, höre ich auch Schreie. Doch ich mache sogar das Siegeszeichen.

Reichstage und Konzile

Wenn sich im Mittelalter die Herrschenden des Heiligen Römischen Reiches beraten mussten, hielten sie einen Reichstag ab. Eine solche Versammlung dauerte viele Wochen und war eine große Belastung für die Stadt, in der sie stattfand. Der Kaiser und alle die weltlichen und geistlichen Herrschaften mussten versorgt sein, dazu noch ihre Diener und Angehörigen. Auch kamen viele Dirnen mit, die den Herren ihre Liebesdienste verkauften. In dem kleinen Worms mit seinen 6.000 Einwohnern mussten Hunderte von Gesandten mit ihrem Gefolge Platz finden. Sogar der Kaiser musste sich sein Zimmer teilen. Die Soldaten schliefen zu sechst oder mehr in engen Räumen, andere in Verschlägen im Freien.

Auf einem Reichstag wurde über die Politik des Reiches entschieden. Er war das Parlament der Herrschenden. Einberufen vom Kaiser, versammelten sich dort drei politische Gruppen, die sogenannten Reichsstände: Sie gliederten sich in Kurfürsten, Reichsfürsten und die Vertreter der Reichsstädte. Die Reichstage folgten genau festgelegten Regeln. Ehe eine Entscheidung getroffen werden konnte, mussten zuerst Gespräche geführt, Beratungen abgehalten und Beschlüsse gefasst werden.

Luther vor dem Reichstag in Worms. Auf diesem Holzschnitt von 1556 kann man die Worte lesen: »Hier stehe ich, ich kann nicht anders, Gott helfe mir, Amen!« Ob Luther diesen Ausspruch, der ihm nachgesagt wird, tatsächlich tat, ist unklar. Er taucht in keinem Dokument aus jener Zeit auf.

Als Luther zum Reichstag nach Worms reiste, hatte er wirklich Grund, sich zu fürchten. Hundert Jahre vor ihm gab es einen tschechischen Geistlichen namens Jan Hus (um 1370–1415). Auch er hatte angeprangert, dass sich der Papst und die Priester nicht nach der Bibel richteten. Auch er sollte sich öffentlich rechtfertigen, auf dem Konstanzer Konzil. Auf einem Konzil berieten (und tun das noch heute) die Kirchenvertreter über ihre Politik.

Johannes Hus hatte man vorher versprochen, ihn nicht zu bestrafen. Doch bald nach seiner Ankunft ließen ihn die Priester einkerkern und quälen. Zwar ließen sie ihn später noch kurz sprechen, verurteilten ihn aber danach zum Tod und stellten ihn auf den Scheiterhaufen. Das war eine der schlimmsten Strafen, die man erleiden konnte. Denn man erstickte langsam im Rauch und verbrannte bei lebendigem Leib. Anschließend ließ man die Asche des Johannes Hus in den Rhein streuen. Nichts sollte von ihm bleiben.

Luthers Vorteil war freilich, dass er vor einer weltlichen Versammlung sprechen konnte. Auf dem Reichstag entschieden nicht ausschließlich die Geistlichen und Luther hatte dort sogar viele Fürsprecher, die ebenfalls erbost über die Kirche waren.

Ich lass mich eintun und verbergen

In den nächsten Tagen kommen wieder die Gelehrten zu mir. Sie wollen, dass ich wenigstens einige meiner Worte zurücknehme. Sie sagen, ich würde Deutschland spalten. Ich aber sage: »Hinter Gottes Worte kann ich nicht zurück.«

Schon ein paar Tage später reise ich recht heimlich aus Worms ab. Ich weiß: Es wird diesmal eine ganz besondere Reise werden. In der Kutsche sind wir zu dritt. Es begleiten mich als meine treuen Anhänger Bruder Johann Petzensteiner und der Domherr Nikolaus von Amsdorf. Wo wir halten, empfängt mich das Volk. Ich predige den Menschen, dass der Papst und seine Priester die Kirche verdorben haben, dass sie ein lasterhaftes Lotterleben führen und unser gutes Geld verbrauchen. Sie sollen erkennen, dass in Rom der Teufel an der Macht ist. Ich spüre, wie ich nun mein Werk vollenden kann: Ich kann das Deutsche Reich aus den Klauen dieses Teufels befreien.

Als wir am Thüringer Wald ankommen, nahe meiner Heimat, geht es am Abend eine Steigung hinauf. Plötzlich sprengen fünf Reiter heran. Ihre Visiere sind zugeklappt. Ich fürchte mich nicht: Der Augenblick ist gekommen. Der Kutscher hält mit Mühe die Pferde und zieht die Bremse an. Einer der Reiter zielt mit der Armbrust auf ihn.

»Was wollt ihr?«, ruft der Kutscher voller Angst.

»Habt ihr den Martin Luther dabei?«, schreit der Reiter.

Da springt Bruder Petzensteiner aus der Kutsche und läuft davon. Er weiß von nichts. Amsdorf aber ist eingeweiht und brüllt nur herum.

Ehe ich mich versehe, sind zwei andere Reiter abgesprungen, haben mich gefasst und führen mich ab. Im Wald setzen sie mich auf ein Pferd und wir sprengen davon.

Es ist also geschehen: Die Herren, die mich unterstützen, haben untereinander verabredet, mich zu entführen. Unter der Hand habe ich davon gehört. Denn Kaiser und Papst würden mich nun jagen. Da sei es am besten, die wissen gar nicht erst, wo ich zu finden wäre.

Mir schmerzen längst Hintern und Schenkel – da taucht in der Dunkelheit eine Burg vor uns auf. Sie erhebt sich steil auf einem Felsmassiv. Einer der Reiter ruft dem Türmer zu und schon rasselt die Zugbrücke hinunter. Im Hof werden die schnaubenden Pferde in die Stallungen geführt. Mit einer Fackel in der Hand kommt ein Mann auf mich zu. Ein glänzendes Schwert baumelt ihm an der Seite. Es ist der Burghauptmann Hans von Berlepsch und wir sind auf der Wartburg, die einsam über der Stadt Eisenach gelegen ist, mächtig und düster. Er geht mit mir in eine Kammer, wo eine Tafel mit Speisen überquillt. Viele Kerzen werfen ihr Licht auf Teller und Gläser.

Berlepsch prostet mir zu, ehe er mir erklärt, dass sie einen Ritter aus mir machen werden. Ich muss mir die Haare wachsen lassen, auf dem ganzen Kopf, damit meine Tonsur und auch mein Gesicht verschwinden. Die Mönchskutte kommt in den Schrank, dafür erhalte ich ein Rittergewand, einschließlich Schwert. Berlepsch lacht

schallend auf, als er mich so sieht, und ruft: »Wahrlich: Kleider machen Leute – und Titel ebenso. Von jetzt an heißt Ihr: Junker Jörg!« Auch meinen Namen muss ich also ablegen.

Als ich lange nach Mitternacht im Bett liege, kann ich schlecht schlafen. In meine neue Zelle dringen nur die Schreie von Käuzen und das sanfte Heulen des Windes. Ich habe zwei Zimmer mit Blick in die weite Landschaft. Beide sind über eine Treppe zu erreichen, die wie eine Zugbrücke hochgezogen werden kann. Ich soll mich erst wieder blicken lassen, wenn ich verwandelt bin.

In der nächsten Zeit geht es mir nicht gut. Ich habe keine Aufgabe. Ich höre, der Kaiser hat inzwischen die Reichsacht über mich verhängt. Doch so musste es kommen: Nun sollen meine Schriften vernichtet werden und ich dazu. Denn die Reichsacht bedeutet, dass ich vogelfrei bin. Jeder kann mich töten, wenn er will. Keiner darf mir helfen.

Ich höre, wie sich das Volk empört. Viele glauben, ich wäre tot. Ich hoffe, die Stimmung kippt nicht um und das Volk nimmt Rache. Das will Gott nicht. Er will, dass man auf der Erde seinem Herrn und dem Kaiser gehorcht.

Wochenlang harre ich auf der Wartburg in meinen Zimmern aus. Berlepsch lädt mich eines Tages zur Jagd ein – vielleicht will er mir aus meiner Niedergeschlagenheit heraushelfen. Doch es geschieht etwas Furchtbares: Ich stehe am Waldrand und schaue dem Treiben der Jäger und Hunde zu. Dort springt ein Reh davon, hier flüchtet ein Hase hakenschlagend übers Feld. Und immer wieder sehe ich, wie die Hunde ein Tier stellen, das dann erlegt wird. Ich bin deswegen ganz aufgeregt und will fast mitjagen.

Doch wie ich so schaue, hüpft plötzlich ein junger Hase vor meine Füße, die Hunde zähnefletschend hinterher. Schnell greife ich ihn und stecke ihn in den Ärmel meines Mantels. Zitternd kauert er in seinem Versteck. Weil ich nicht weiß, was ich mit dem armen Häschen machen soll, lege ich es mitsamt dem Mantel vorsichtig ins Gras. Als die Jagd zu Ende geht, versammeln sich alle und es kommen auch die Hunde wieder. Und die spüren plötzlich mein Häschen auf und beißen es durch den Mantel hindurch. Ich scheuche sie davon und will mich um das Häschen kümmern. Der rechte Hinterlauf ist ihm zerbissen. Es wimmert. Wie ich es nehme, entgleitet es mir. Sofort sind die Hunde da und beißen es tot.

Ich bin kein empfindlicher Mensch, aber die Jagd ist mir verleidet. Das sage ich auch. Genauso wütet der Papst, indem er die geretteten Seelen umbringt. Ich habe diese Art der Jagd satt. Sie ist ein Vergnügen für Leute, die nichts zu tun haben.

Eher sollen die Füchse, Rehe und Hasen von Pfeilen und Speeren durchbohrt werden als von diesen Hunden zu Tode gebissen. Ich bin kein Jäger, ich bin auch kein Ritter. Ich bin nichts als ein Diener Gottes.

Luthers Art und Aussehen

Luther ist als einer der berühmtesten Menschen seiner Zeit oft beschrieben worden, von Freunden und Feinden. Er war von mittlerer Größe, kräftiger Statur, mit einer hohen Stimme. Im Alter von 41 Jahren schilderte ihn ein Student als jemanden »mit tiefen schwarzen Augen und Brauen«, der sich beim Gehen »mehr hintersich denn fürdersich« neigte. Da war er auch schon ziemlich dick; in späteren Jahren nahm er noch mehr zu. An den vielen Bildnissen, die von ihm gemalt wurden, ist deutlich zu sehen, wie er, anfangs ein hagerer Mönch, richtig fett wurde.

Luther litt an einer Vielzahl von Beschwerden und Krankheiten, immer wieder an Verstopfung, mit zunehmendem Alter an der Gicht, an Verkalkung und besonders an Koliken. Dabei bilden sich in der Blase, in den Nieren oder der Galle Steine, die das ganze betreffende Organ verstopfen können. Luther konnte deswegen irgendwann tagelang nicht mehr pinkeln. Er bereitete sich schon auf den Tod vor, ehe sich der Stein doch löste und seine »silberne Quelle« wieder lief.

Vor allem aber litt er immer wieder unter Depressionen: an Trübsal und Niedergeschlagenheit. Dann wünschte er sich das Ende der Welt herbei, die für ihn in ihrer Sündhaftigkeit doch nicht mehr zu retten war. Denn das gehörte zu

Dieser Holzschnitt nach Lucas Cranach d. Ä. zeigt Luther 1522 als »Junker Jörg«, drahtig und entschlossen, mit imposantem Bart und übernächtigtem Aussehen.

seinem Glauben, dass er vom Menschen an sich kein gutes Bild hatte. Wie in der Bibel beschrieben, als Gott Adam und Eva aus dem Paradies vertrieb, glaubte er an den schlechten, sündhaften Menschen. Der habe keine Möglichkeit zum Guten und könne höchstens auf Gottes Gnade vertrauen.

Wie sehr Luther trotzdem das Leben genoss, zeigte sich im Umgang mit seiner Frau und seinen sechs Kindern. Immer wieder wurde er als liebender Familienvater beschrieben, der sich gegen zu viel Zucht und Strafe aussprach. Seine Frau setzte er sogar als Alleinerbin ein, was zu seiner Zeit eigentlich gegen das Recht verstieß.

Luther war spendabel und half gern, wo er konnte. Er galt als sehr geselliger Mensch. Mit seinen Reden und Sprüchen beherrschte er jede Runde. Er aß und trank gern, sehr gern sogar. Dabei ging er so weit zu sagen, wenn er nur über-

Der Holzschnitt von Lucas Cranach d. J. zeigt Luther (1551 nach seinem Tod erstellt) als gütigen Kirchenvater, füllig und wohlbeleibt, aber deswegen auch standhaft und unerschütterlich.

reichlich gegessen habe, sei in ihm kein Platz mehr für den Teufel. Regelmäßig veranstaltete er Gelage.

Doch Luther konnte auch überaus jähzornig sein, »polternd«, wie man ihn dann beschrieb – und derb. Zwar nahm man zu seiner Zeit kein Blatt vor den Mund, aber Luther schrieb immerhin als Gelehrter. Manchmal gebrauchte er wie besessen die übelsten Ausdrücke. Noch heute finden sich in Büchern manche Worte von ihm, die mit Punkten ersetzt werden, etwa wenn er sagte: »Aber Rom ist nun zerrissen und der Teufel hat den Papst, seinen Dreck, daraufge…«

Am besten hat sich Luther aber selbst beschrieben, und zwar im Unterschied zu seinem sehr gelehrten Freund Philipp Melanchthon*, der in seiner theologischen Arbeit »baut und pflanzt, sät und begießt mit Lust«. Er selbst aber muss »die Klötze und Stämme ausrotten, die Dornen und Hecken weghauen, die Pfützen ausfüllen« und ist also »der grobe Waldrechter, der die Bahn brechen und zurichten muss«.

Ich habe mich befleißigt, reines und klares Deutsch zu geben

Obwohl ich mich auf der Wartburg nun frei bewegen kann, ziehe ich mich immer wieder zurück, wie ich es als Mönch gewohnt war, und lese die Bibel. Ich schreibe viele Briefe und Aufsätze, die dann gedruckt werden. So sollen die Leute erfahren, wie die Worte Gottes richtig zu verstehen sind.

An einem Tag Ende November 1521 fällt mir plötzlich eine neue Aufgabe zu. Berlepsch fragt mich beim Mittagessen, wie ich über die Jungfrau Maria denke. Er nennt sie: Maria voll Gnaden.

»Maria voll Gnaden!«, rufe ich. »So ist es nach den lateinischen Buchstaben übersetzt. Aber welcher Deutsche spricht so?«

»Es heißt, so stehe es in der Bibel«, sagt Berlepsch.

»So steht es auf Latein in der Bibel«, sage ich. »Aber sagt mir, ob das auch gutes Deutsch ist. Wo redet ein Deutscher so: ›Du bist voll Gnaden?‹ Und welcher Deutsche versteht, was es heißt: voll Gnaden? Er muss dabei vielleicht an ein Fass voll Bier oder einen Beutel voll Geld denken. Ich würde es so verdeutschen: Maria, du Holdselige. Darunter kann sich ein Deutscher viel mehr vorstellen.«

Berlepsch zieht die Augenbrauen zusammen.

Ich überlege weiter und sage dann: »Trotzdem wäre das auch noch nicht das beste Deutsch. Denn mit dem besten Deutsch müsste man sagen: Gott grüße dich, du liebe Maria! Denn so müsste es in der Bibel heißen, wenn sie deutsch geschrieben wäre. Wer Deutsch kann, der weiß, wie dieses feine Wort zu Herzen geht: die liebe Maria, der liebe Gott, der liebe Mann, das liebe Kind. Ich weiß nicht, ob man das Wort ›lieb‹ auch so herzlich und gut in der lateinischen oder einer anderen Sprache ausdrücken kann, damit es so klingend ins Herz eindringt, wie es das in unserer Sprache tut.«

»Euch liegt das Wort wirklich am Herzen!«, sagt Berlepsch. »Und Gottes Wort kann unsereins erst gar nicht recht verstehen.«

Da reiße ich die Augen auf, weil ich erkenne: Das deutsche Volk muss die Bibel lesen können. Dann haben der teuflische Papst und seine Helfer keine Macht mehr, das Wort Gottes nach Gutdünken zu verdrehen. Dann haben die Leute einen direkten Zugang zu Gott. Ich rufe aus: »Ich werde die Bibel übersetzen!«

Berlepsch sieht mich an, als hätte ich etwas Ungeheuerliches gesagt. Er wiederholt ein paar Mal: »Die Bibel übersetzen? Was? Die Bibel?«

»Die Bibel«, sage ich, »die das Volk endlich verstehen muss.«

»Aber das dauert Monate«, entgegnet er, »Jahre, wenn nicht ein Leben!«

»Ich fange mit dem Neuen Testament an«, sage ich. »Gott wird mir helfen. Er hat auch bisher mein Wort geführt.«

So sitze ich nun in meinem kalten Zimmer und fülle Seiten über Seiten. Ich übersetze aus der lateinischen Fassung der Bibel, wie sie der heilige Hieronymus* aus dem Griechischen übersetzt hat. Doch ich nehme auch die griechische Fassung dazu, wie sie gerade Erasmus von Rotterdam* veröffentlicht hat. Denn die ist das Original.

Wie ich da nach Worten suche! Manchmal bringe ich in einer

Stunde nur eine Zeile zustande. Schnell erkenne ich: Wer übersetzen will, muss auch einen großen Vorrat an Worten haben. Wenn ein Wort nicht so gut klingt, muss man gleich ein anderes zur Hand haben.

Berlepsch unterstützt mich, so gut er kann. Er ist wohl ganz froh, dass ich auf diese Weise beschäftigt bin. So bedränge ich ihn nicht mehr mit meinen Sorgen und Zweifeln. Und er nimmt wirklich Anteil an meiner Arbeit. Immer wieder fragt er mich beim Essen, wie es vorangeht, und ich frage ihn, wie man dies oder das auf Deutsch sagt. Denn ich will doch Deutsch reden beim Übersetzen, nicht Lateinisch oder Griechisch.

Man muss sich lösen von den fremden Buchstaben, denn sie hindern einen sehr daran, gutes Deutsch zu reden. Man darf nicht die Buchstaben in der lateinischen Sprache fragen, wie man Deutsch reden soll. Denn so machen das ja auch diese Esel von Papisten, wenn sie etwas ins Deutsche übersetzen. Man muss stattdessen die Mutter im Haus, die Kinder auf der Straße, den Mann auf dem Markt danach fragen. Ihnen muss man auf das Maul sehen und danach übersetzen. Dann verstehen es die Leute und merken, dass man Deutsch mit ihnen redet.

Welche Qual ist diese Arbeit! Ich sitze den ganzen Tag auf dem Schreibtischstuhl, und wenn nicht auf diesem, dann auf dem Stuhl am Essenstisch oder auf dem Klostuhl. Ich bewege nur meine Hand, um die Schreibfeder über das Papier zu ziehen. Sonst bewegt sich nichts an mir, außer dass ich an manchen Tagen vor Kälte zittere. Im Januar sind die Fensterscheiben manchmal so vereist, dass ich die Sonne, wenn sie sich zeigt, nur wie ein schwaches Kerzenlicht erkenne.

Ich bin hier in der Wüste und kann nichts pflanzen. Oder eben doch, nur ganz anders? Ich muss nur lernen, Geduld zu haben. Denn wenn am Ende Christus auf Deutsch zu den Leuten spricht, werden sie endlich seine Worte verstehen und danach handeln. Dann sind wir gerettet.

Und rettet mich vielleicht die Arbeit? Sie lässt mir jedenfalls keine Zeit zum Grübeln. Nach elf Wochen schreibe ich das letzte Wort auf Papier. Das Neue Testament ist verdeutscht, und zwar so, dass es jeder verstehen kann. So schnell wie möglich werde ich es in Druck geben.

Ich krieche aus meinem Versteck wie der Bär nach dem Winterschlaf. Am 1. März 1522 verlasse ich die Wartburg und fahre heim nach Wittenberg. Martin Luther lebt wieder neu – Junker Jörg bleibt zurück.

Ich höre, das Volk empört sich immer mehr. Viele halten sich nicht mehr an das Gesetz. Manche wollen nicht mehr auf ihre Herren hören. Einige scheuen sogar vor

Waffengewalt nicht zurück. Schwärmer ziehen umher, die den Leuten das Paradies versprechen. Es soll auch um Freiheit auf Erden gekämpft werden. Über die entscheidet aber Gott im Himmel. Ich muss eingreifen. Reichsacht hin oder her – Gott wird mich führen.

Die Luther-Bibel

Zu Luthers Lebzeiten – und in der katholischen Kirche noch lange danach – lasen die Pfarrer die Bibel im Gottesdienst auf Latein vor. Den einfachen Leuten blieb sie versperrt; sie zu übersetzen, war sogar ausdrücklich verboten: Das Volk hätte sie falsch verstehen können. Da es aber Luther für den wahren Glauben nur auf das »Wort Gottes« ankam, tat er genau das: Er übersetzte die Bibel ins Deutsche, 1522 zuerst das Neue Testament, bis 1534 auch das Alte. Das hatten zwar vorher schon andere getan, aber viel zu wörtlich. Er selbst führte ein Beispiel für seine Art des Übersetzens an. Wortgetreu aus dem Lateinischen übersetzt würde es auf Deutsch heißen: »Aus dem Überfluss des Herzens redet der Mund.« Luther machte daraus im Deutsch seiner Zeit: »Wes das Herz voll ist, des gehet der Mund über.« So konnte erst jeder verstehen, was in der Bibel gemeint war. Wer etwas auf dem Herzen hat, der muss darüber reden. Luther konzentrierte sich auf die Bedeutung des Textes.

Luther erkannte auch, dass er ein Deutsch verwenden musste, das möglichst alle verstanden. Daher griff er bewusst auf die Sprache seiner Heimat zurück, nämlich die Thüringens und Sachsens. Hier trafen sich das Oberdeutsche eines Münchners und das Niederdeutsche eines Hamburgers sozusagen in der Mitte. Deswegen konnte es am ehesten im Norden und Süden verstanden werden. Luther suchte dabei immer wieder nach den Ausdrücken, wie sie das Volk verwendete. Er ging sogar in ein Schlachthaus, um sich auch von dort die passenden Worte für seine Übersetzung zu holen.

Wie sehr Martin Luther bei seiner Bibel-Übersetzung mit der deutschen Sprache gerungen hat, sieht man zum Beispiel am 23. Psalm aus dem Alten Testament. Hier zeigt sich auch, mit welcher Schwierigkeit ein Übersetzer ganz allgemein zu tun hat: Am Ende hatte Luther den Text in ein anschauliches, wohlklingendes Deutsch gebracht. Dadurch

Eine Illustration aus der Luther-Bibel von 1522, erstellt von Lucas Cranach d. Ä. Sie zeigt die Babylonische Hure, die als Sinnbild der Sünde galt. Cranach erlaubt sich hier, diese Frau mit der Papstkrone, der Tiara, darzustellen.

war aber von den Worten im Original kaum noch etwas zu erkennen.

Der Anfang des Psalms lautet in einer deutschen Fassung aus dem Jahr 1466:

Der Herr, der richt' mich,
und mir gebrast [mangelte] nit,
und an der Statt der Weide do satzt' er mich.
Er fuorte mich ob dem Wasser der Wiederbringung,
er bekehrt' mein Seel.
Er fuort' mich aus auf die Steig der Gerechtigkeit umb seinen Namen.

Luther machte daraus in einer ersten, handschriftlichen Fassung:

Der Herr ist mein Hirte,
mir wird nichts mangeln.
Er läßt mich weiden in der Wohnung des Grases
und nähret mich am Wasser guter Ruhe.
Er kehret wieder meine Seele,
er führet mich auf den rechten Pfad umb seins Namens willen.

Im Druck der Bibel von 1524 wurde daraus:

Der Herr ist mein Hirte,
mir wird nichts mangeln,
Er läßt mich weiden, da viel Gras steht,
und führet mich zum Wasser, das mich erkühlet.

Er erquicket meine Seele,
er führet mich auf rechter Straße umb seins Namens willen.

1531 war dann die Fassung entstanden, die bis heute bekannt geblieben ist:

Der Herr ist mein Hirte,
mir wird nichts mangeln.
Er weidet mich auf einer grünen Aue
und führet mich zum frischen Wasser.
Er erquicket meine Seele,
er führet mich auf rechter Straße umb seines Namens willen.

Als Vergleich dazu die Fassung der sogenannten Einheitsübersetzung von 1980, die von katholischen und evangelischen Theologen versucht wurde:

Der Herr ist mein Hirte,
nichts wird mir fehlen.
Er lässt mich lagern auf grünen Auen
und führt mich zum Ruheplatz am Wasser.
Er stillt mein Verlangen;
er leitet mich auf rechten Pfaden, treu seinem Namen.

Mit seiner Reformation hat Luther Europa und auch Deutschland gespalten, doch mit seiner Bibelübersetzung hat er die Deutschen auch erst vereint. Denn selbst für die Katholiken im Reich führte bald kein Weg mehr an seiner Bibelübersetzung vorbei. Sie galt jahrhundertelang als Richtschnur (ein neues Wort Luthers!) der deutschen Sprache. Mit ihrer Hilfe und den sonstigen Schriften Luthers verbreitete sich die neue Lehre in Windeseile. Wie einer seiner Gegner klagte, beschäftigten sich so auch »Schneider und Schuster, ja Weiber und andere Einfältige« mit der Bibel. Wer aber einmal die Worte von Jesus las, über die Nächstenliebe und dass eher ein Kamel durch ein Nadelöhr geht, als dass ein Reicher in den Himmel kommt, musste sich erst recht über die Ungerechtigkeit auf der Erde empören. Davor hatten die Herren der Welt immer Angst gehabt.

Luthers Absicht bestand jedoch allein darin, mithilfe von Gottes Wort die Macht der in Rom regierenden Kirche zu brechen. Das gelang ihm und zeigt sich allein daran, dass zu seinen Lebzeiten eine Million Exemplare der »Luther-Bibel« gedruckt wurde. Dabei gab es im Heiligen Römischen Reich nur etwa 15 Millionen Einwohner und ein Großteil konnte noch nicht lesen und schreiben. Kein Buch war in Deutschland jemals erfolgreicher.

Ein feste Burg ist unser Gott

Noch als Ritter verkleidet gelange ich im März 1522 wieder nach Wittenberg. Vor den Toren der Stadt gibt mir ein Trupp Reiter das Geleit. Das viele Hufgetrappel ruft die Leute zusammen und ich werde zuerst nicht erkannt, auch nicht von meinen engsten Freunden. Als ich mich offenbare, ist die Verwunderung groß. Es heißt dann, wir müssten unbedingt festhalten, wie ich aussehe. Also wird der Maler Lucas Cranach der Ältere* geholt. Auch er erkennt mich erst an meiner Stimme. Er schafft ein nettes Bild von mir, das mich als der zeigt, der ich so lange war: Junker Jörg. Danach lasse ich mich rasieren und ziehe wieder die Mönchskutte über.

Schnell wird im Reich bekannt, dass ich wieder in Wittenberg und unter den Leuten bin. Wegen der Reichsacht muss ich aber nichts befürchten. Mir scheint fast, als gäbe es im ganzen Land keinen mehr, der noch den teuflischen Papst vertritt.

Dafür gibt es andere Feinde: Da gehen schwärmerische und aufrührerische Geister um, die jede Ordnung umstürzen wollen. Sie entfernen alle Bilder und Statuen aus den Kirchen. Sie bezeichnen sie als Götzenbildnisse, die vom Glauben ablenken, und zerstören sie sogar. Auch die Kirchenmusik wollen sie abschaffen, und damit die Orgeln. Sie sperren sich gegen die Taufe der Kinder, weil diese noch nicht selbst entscheiden können. Und sie gehen zu den einfachen Leuten, um sich von ihnen die Bibel erklären zu lassen. Denn diese sollen angeblich am besten verstehen, was die Worte der Bibel bedeuten. Ihr Verstand sei noch nicht durch die Gelehrten verdorben.

Gegen diese Schwärmer gehe ich vor, wo ich kann, vor allem mit Predigten. Jeden Tag donnere ich von der Kanzel herab. So erreiche ich, dass alle aufrührerischen Personen in Wittenberg verstummen oder die Stadt verlassen, unter ihnen mein ehemaliger Förderer Karlstadt*, der frühere Dekan der Universität Wittenberg. Ich habe durchgesetzt, dass er nicht mehr predigen darf und seine Schriften verboten werden.

Noch von einer anderen Seite droht Gefahr: Weil Pfarrer, Mönche und Nonnen erkennen, dass ihnen doch nur der Glaube hilft, nicht aber all ihre frommen Taten, um sich so bei Gott einzuschmeicheln, verlassen sie Kirchen und Klöster und nehmen eine andere Arbeit an. Deswegen ist manchen Eltern auch die Bildung ihrer Kinder nicht mehr wichtig, verschwinden doch nun so viele gelehrte Einrichtungen. Viele sprechen schon von den Gelehrten als den Verkehrten. Alle Bildung sei zu nichts nütze, sagen sie, ja, sie sei sündhaft oder sogar teuflisch.

Dabei ist Bildung wichtig, schon um das Evangelium gut zu verstehen. Ich fordere, dass in den deutschen Städten alle Kinder wenigstens ein oder zwei Stunden am Tag in die Schule gehen sol-

len. Wenn sie in der Schule die Sprachen und andere Künste lernen, wenn sie die Geschichte und die Sprüche aller Welt hören, dann können sie weise und klug werden und erkennen, was im Leben zu suchen und zu meiden ist.

Überhaupt will ich, dass die Ordnung aufrechterhalten wird. Die Krankenhäuser sollen Geld bekommen, die Ratsherren, Richter und auch die Armen versorgt werden. Immerhin kann man dazu prima den Besitz der Klöster verwenden, die ja niemand mehr braucht und die aufgelöst werden. Leider reißen sich viele Fürsten den Klosterbesitz selbst unter den Nagel.

Was ein neuer Glaube nicht alles bewirkt! Alles andere wälzt sich plötzlich auch um. Ich gebe weiterhin eine Schrift nach der anderen heraus, auch um den Fürsten und Ratsherren zu erklären, was sich fortan alles ändern muss. Was sich allein durch meine Bibelübersetzung ändert! Sie wird ein riesiger Erfolg: Einfache Arbeiter lernen lesen, um die Heilige Schrift zu verstehen. So hören die Leute Gottes Wort.

Und sie sollen es auch noch anders hören: als Lied, denn Lieder prägen sich am besten ein. Überall suchen wir deswegen nach Dichtern, die etwa einen Psalm in ein Lied übertragen. Dabei sollen die neuen und am Hof gebräuchlichen Wörter wegbleiben, damit einfache und allgemein verbreitete, aber dennoch schöne und zugleich wohlgesetzte Worte gesungen werden. Schließlich lasse ich eine ganze Sammlung Lieder drucken, von denen ich einige sogar selbst geschrieben habe, ein Weihnachtslied etwa: *Vom Himmel hoch, da komm ich her.* Denn die Musik ist ein Geschenk Gottes. Sie vertreibt auch den Teufel und

macht die Leute fröhlich. Man vergisst dabei Zorn, Verdorbenheit, Hochmut und andere Laster. Ich gebe nach der Theologie der Musik die höchste Ehre.

So leicht kann der neue Glaube die Herzen der Menschen besetzen – wenn sie sich nur frei dafür entscheiden könnten. Doch nicht nur der Papst stellt sich dagegen, sondern leider auch der Kaiser. Ständig droht er mit Krieg gegen alle, die sich zu meinem neuen Glauben bekennen. Karl V. kann sich aber auf den Rückhalt der Deutschen nicht mehr verlassen. Er hat sich nach Spanien zurückgezogen und die Regierung den Reichsständen überlassen. Als die 1522 in Nürnberg wieder einmal tagen, laufen dort die katholischen Stände natürlich Sturm, weil ich wieder öffentlich wirke und man mich nicht fängt und einsperrt. Aber da zeigt sich: Es gibt nun auch Fürsten, die rückhaltlos für mich eintreten. Viele schlagen ja selbst ihren Nutzen daraus, wenn etwa die Klöster aufgelöst werden.

Außerdem hat Gott in Rom gewirkt und den alten Papst zum Teufel geschickt. Ein deutscher Papst herrscht nun dort, Hadrian VI., wie er sich nennt. Das erscheint wie ein Zeichen des Himmels. Zwar bittet er die deutschen Stände, ihn beim Kampf gegen mich und meine Lehre zu unterstützen, aber er will gegen die Sünden der Priester und überhaupt den Missbrauch in geistlichen Sachen vorgehen. Er gibt offen zu, dass in Rom das Laster regiert – genau das, was ich immer gepredigt habe. Wieso soll Luther also deswegen ausgeliefert werden, antwortet man. So verteidigen mich die Fürsten und so weiß ich, dass ich mich nicht mehr zu verstecken brauche. Der wahre Glaube siegt.

Dagegen steht der päpstliche Irrglaube auf so tönernen Füßen, dass er einstürzt, wenn man ihn nur anstößt. Sogar in Tirol, Ungarn, Preußen und den Niederlanden ist der Papst mit seiner Anhängerschaft auf dem Rückzug. Trotzdem wehren sich die Papisten mit allen Mitteln. 1523 sitzt in Rom schon wieder ein neuer Antichrist auf dem Thron, Clemens VII. genannt, nachdem sie wohl seinen Vorgänger, der ihnen zu kritisch war, mit Gift losgeworden sind. So haben sie nun wieder einen, der mit allen Mitteln gegen mich kämpfen will.

Zwar verfassen diese Narren weiterhin Erlasse und Vorschläge und Bestimmungen, mit denen sie uns drohen, aber selbst der Teufel in Rom muss zurückstehen, wenn da noch ein anderer Teufel droht: Die Türken dringen im Osten immer weiter vor. 1521 haben sie die Stadt Belgrad erobert und mittlerweile ganz Ungarn im Visier. Sogar Wien soll in Gefahr sein und damit unser ganzes Reich.

So naht auch von dieser Seite das Ende der Welt. Die Türken sind Werkzeuge von Gottes Zorn und unsere Zuchtrute. Ihr Kampf lehrt uns, wahre Christen zu sein. Mein neuer Glaube wird da erst recht Bestand haben.

Die Ausbildung der evangelischen Lehre

Protestantisch«, »evangelisch«, »lutherisch« – es gab und gibt viele Bezeichnungen für die Anhänger der von Luther begründeten christlichen Lehre.

Der Begriff »protestantisch« kommt von der »Protestation von Speyer«. 1529 fand dort ein Reichstag statt. Bei den Verhandlungen wollte die Mehrheit der Katholiken die Vertreter von Luthers neuer Lehre überstimmen, um diese damit zu unterdrücken. Dagegen *protestierten* Luthers Anhänger.

Der Begriff »evangelisch« hat seinen Ursprung in der wichtigsten Lehre Luthers, nämlich dass Christentum und christlicher Glaube nur auf dem Evangelium beruhen dürfen.

»Lutherisch« war schon zu Lebzeiten Luthers verbreitet, obwohl er sich selbst gegen die Bezeichnung wehrte: »Wie käme denn ich armer stinkender Madensack dazu, dass man die Kinder Christi mit meinem heillosen Namen nennen sollte?«

Der lutherische Glaube festigte sich im Reich in wenigen Jahren. Denn nun konnte jeder leicht zur Erlösung gelangen, wenn er nur fest glaubte. Zu Luthers Entsetzen ging jedoch bald alles drunter und drüber. Die Klöster verfielen, Pfarrer suchten sich eine Arbeit, Eltern schickten ihre Kinder nicht mehr in die Schule, junge Erwachsene sahen keinen Sinn mehr in einer Universitätsausbildung. Luther sprach die Menschen deswegen an: »So wird dich wahrlich dies auch zu keinem Christen machen, dass du die Klöster einreißest, Obrigkeit verachtest, dich voll und toll frissest und säufst.«

Die Protestanten versuchten, die Kirche in ihrem Sinn wieder aufzubauen. Sie stellten eine neue Kirchenordnung auf, mit neuen Glaubensbekenntnissen, neuen Liedern, einem neuen Gottesdienst. Das Augsburger Bekenntnis* und der Große und Kleine Katechismus* dienten dem Volk dazu als Handlungsanweisungen. Zu den Hütern dieser Ordnung machten sie die jeweiligen Landesfürsten. Luther setzte alles daran, die Menschen in ihrem neuen Glauben unter die Herrschaftsgewalt einer Obrigkeit zu stellen. Nichts fürchtete er so sehr wie den Aufruhr als Bedrohung »seines« Evangeliums. So entwickelte sich unter den Protestanten ein be-

Ein zeitgenössischer Künstler zeigt den Unterschied zwischen evangelischem (links) und katholischem Gottesdienst (rechts): Die »Protestanten« lauschen andächtig dem Wort, während die anderen nur Rosenkränze zählen.

sonderer Untertanengeist. Auf Gedeih und Verderb sollten die einfachen Leute ihren Herren gehorchen. Bis heute wird diskutiert, wie schlimm sich dies auf die deutsche Geschichte ausgewirkt hat.

Die Antwort der katholischen Kirche auf die Reformation war die »Gegenreformation*«: Die protestantischen Gebiete sollten zurückgewonnen werden. Mit den Mitteln der Zensur, der Bespitzelung, der Folter und schließlich der Inquisition* sollte fortan das Volk kontrolliert werden. Bereits 1546/47 hatten die Auseinandersetzungen zwischen den beiden Religionsgruppen zum Schmalkaldischen Krieg und zu viel Elend geführt, als die katholischen Truppen unter Karl V. die Protestanten entscheidend besiegten. Auch danach nahmen sie wieder an Schärfe zu und endeten 1618 im Dreißigjährigen Krieg*, der fast ganz Deutschland verwüstete.

Martin Luther und seine Zeit

Martin Luther als Augustinermönch, eines der berühmtesten Bildnisse von ihm. Es stammt aus der Werkstatt von Lucas Cranach dem Älteren, dem Hofmaler von Luthers Kurfürsten, Friedrich der Weise. Es entstand erst nach Luthers Tod. Man arbeitete damals mit Vorlagen. Vielleicht war dem Maler nicht bewusst, dass Luther als Mönch eine Tonsur tragen musste.

Luthers Eltern Hans und Margarethe, gemalt von Lucas Cranach d. Ä. Hier zeigt er seine ganze Kunst: Beide sind würdevoll dargestellt, doch so genau und gut gemalt, dass ihr Alter (fast 70 Jahre) und ihr Charakter sehr deutlich werden.

Luther-Gedenkstätte auf dem Grundstück von Luthers Geburtshaus in Eisleben.

Luther war 39 Jahre alt, als er sich von Lucas Cranach d. Ä. als »Junker Jörg« darstellen ließ: Als Redner mit dem Zeichen der erhobenen Hand und zugleich als Kämpfer mit dem Schwert. (Man erkennt den Schwertknauf hinter Luthers Arm.)

HIERONYMUS BOSCH
HET LAATSTE OORDEEL

Das Jüngste Gericht als fantastisches Bild des niederländischen Malers Hieronymus Bosch (um 1450–1516): Es spielt mit den Ängsten der Menschen, die zu jeder Zeit den Tod fürchten mussten, verbunden mit der Angst vor dem Fegefeuer und der Hölle.

Die Wartburg mit der Lutherstube im heutigen Zustand. Die Burg wurde vor eineinhalb Jahrhunderten, als die Deutschen sich für das Mittelalter begeisterten, völlig umgestaltet und in vielen Teilen sogar ganz neu gebaut.

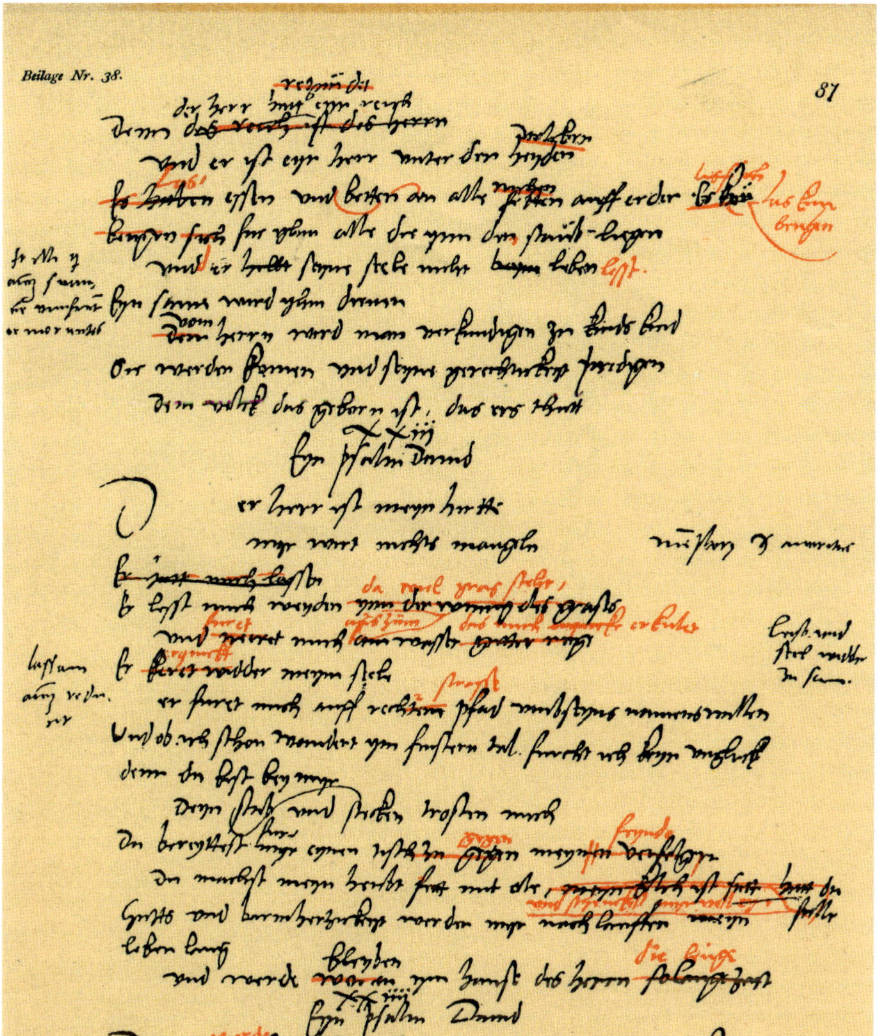

Luthers Niederschrift seiner Übersetzung des 23. Psalms, eines der berühmtesten literarischen Werke: »Der Herr ist mein Hirte, mir wird nichts mangeln ...« Es ist eine der bekanntesten Passagen von Luthers Übersetzungsarbeit. Hier sieht man, wie sehr er an dem Text feilte.

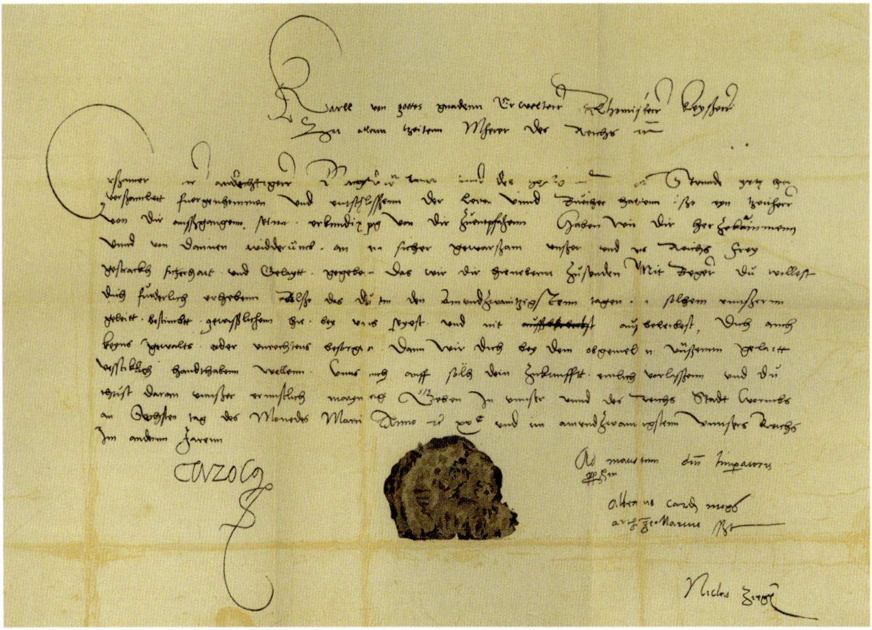

Karll von gottes gnaden Erwelter Romischer Keyser
Zu allen tzeiten Merer des Reichs etc.

Die Vorladung Kaiser Karls V. an Luther zum Reichstag in Worms. So lesen sich die ersten Zeilen: »Karl von gottes gnaden Erwelter Romischer Kaiser / Zu allen tzeitten Merer des Reichs / Ersamer lieber andechtiger Rath dem wir und des heiligen Reichs Stennde yetz hie / versamelt fürgenomen und entslossen der Leren und Buecher halben so ain Zeither / von dir ausgegannngen sein erkundigung von dir Zuempfahen …«

Leo X., Papst von 1513 bis 1521, gemalt von Raffael, einem der berühmtesten italienischen Maler. Dieser Papst, der den von Luther kritisierten Ablasshandel auf die Spitze trieb, genoss das Leben in vollen Zügen. Hier sitzt er, gekleidet in Samt und Damast, vor einer handgeschriebenen Bibel, hinter sich zwei Kardinäle, seine Cousins.

Dieses Gemälde von Lucas Cranach d.J. zeigt den wohlbeleibten, mächtigen Luther im Kreis der übrigen berühmten Reformatoren seiner Zeit, an erster Stelle der Gelehrte Philipp Melanchthon.

Diese Luther-Bibel aus dem Jahr 1535 ist eine der schönsten und aufwendigsten jemals hergestellten Bibeldrucke. Ein Teil der Auflage ist auf Pergament gedruckt, in diesem Fall auf Schafshaut: Für jedes einzelne Exemplar mit seinen 1370 Seiten mussten wenigstens 100 Tiere ihr Leben lassen. Dabei hat der Augsburger Drucker Heinrich Steiner sie als Raubdruck angefertigt. Er kopierte die erste vollständige Luther-Bibel in nur einem Jahr und machte daraus eine Prachtausgabe mit über 70 Holzschnitten. Insgesamt mussten fast 150.000 Zeilen gesetzt werden.

Luther und Katharina von Bora 1529 im vierten Jahr ihrer Ehe, wieder gemalt von Lucas Cranach d. Ä. An der »Lutherin« lässt sich die weibliche Mode der damaligen Zeit ablesen: weißes Hemd, Stehkragen, Brustband, geschnürtes Mieder, Haarnetz.

Friedrich der Weise auf einem Bild von Lucas Cranach d. Ä. – ein typisches Herrscherbildnis. Es drückt die Macht dieses Kurfürsten aus, die auch von Gott kommen sollte. Friedrich wurde zu Luthers »Beschützer« und duldete als einer der erster Herrscher den »neuen Glauben«.

Luther auf dem Totenbett von Lucas Cranach d. Ä. – ein wichtiges Bild zu seiner Zeit, mit dem gezeigt werden sollte, dass man als Protestant einen friedlichen und ruhigen Tod vor sich haben würde.

Der Esel will Schläge haben und der Pöbel will mit Gewalt regiert sein

Von einer ganz anderen Seite gerät mein neuer Glaube immer stärker unter Druck: Nämlich von diesen selbst ernannten himmlischen Propheten in Gestalt eines Karlstadt oder, des gefährlichsten unter ihnen: Thomas Müntzer*! Zwar habe ich ihn noch selbst als Prediger in Zwickau empfohlen, aber inzwischen gerät er außer sich: Er macht mit dem Volk gemeinsame Sache und wiegelt es zum Aufruhr auf. Diese falschen Brüder bedrohen mir mein Evangelium. Sie verdrehen den Leuten den Kopf und versprechen ihnen den Himmel auf Erden. Sie stacheln am Ende die Bauern an, gegen ihre Herren in den Kampf zu ziehen. Dabei heißt es in der Bibel klar, dass man dem Kaiser gebe, was des Kaisers ist. Denn die Ordnung auf Erden ist gottgewollt und unumstößlich. Die meine Lehre richtig verstehen, die machen nicht Aufruhr, sie haben's nicht von mir gelernt.

Ich erkläre den Leuten genau, was ich meine: Es gibt das Reich des Himmels, über das Gott herrscht, und es gibt das weltliche Reich, über das im Auftrag Gottes die Fürsten regieren. Jeder hat darin seinen ihm zugewiesenen Platz einzunehmen. Widerstand gegen die Obrigkeit darf es nicht geben, denn zuständig für die

Rettung der Seelen ist nur Christus. Doch es hilft alles nichts. Einer wie Müntzer wirft mir vor, das Wort Gottes komme nicht nur aus der Bibel. Nach seiner Meinung spreche es auch aus den Herzen der einfachen Menschen. Die Herrschenden dagegen seien verdorben und gottlos. Deswegen müssten sie bekämpft werden. Denn ihr Lasterleben hindere das Volk daran, den direkten Weg zu Gott zu finden.

Zunächst habe ich angenommen, der Aufstand der Bauern sei eine Strafe. Denn am Anfang haben nur die Bauern im Süden des Reiches gekämpft, wo meine Lehre noch nicht ganz durchgedrungen ist. 1524 ist fast ganz Süddeutschland in den Händen der aufständischen Bauern. Aber nun wird auch bei mir zu Hause gekämpft. Unter Müntzer greift der Aufstand auf Thüringen und die Mitte des Reiches über.

Und was tun die Fürsten? Sie starren wie das Kaninchen auf die Schlange. Dabei ist es ihre Aufgabe, die Ordnung wiederherzustellen. Dazu fordere ich sie 1525 entschieden auf. In der Schrift *Wider die räuberischen und mörderischen Rotten der Bauern* ermahne ich sie, die Aufständischen wie tolle Hunde totzuschlagen. Sie sollen zuschlagen, würgen und stechen, heimlich und öffentlich, wer nur kann, und daran denken, dass es nichts Giftigeres, Schädlicheres, Teuflischeres geben kann als einen aufständischen Menschen. Ein Fürst kann sich mit solchem Blutvergießen sogar den Himmel verdienen. Wenn nämlich die Herrschaften, die mir anhängen, nicht mehr regieren, könnte der Teufel in Rom doch siegen.

Tatsächlich sammeln die Fürsten ihre Kräfte. Endlich haben sie begriffen, dass ihnen das Wasser bis zum Hals steht. Sie halten die Bauern in Verhandlungen so lange hin, bis sie ihre Armeen aufgestellt haben und zuschlagen können. 1525 geht alles Schlag auf Schlag. Tausende Aufständische büßen ihre teuflische Gesinnung mit dem Tod. So wissen die Bauern nun, wie sie im Unrecht sind, und lassen vielleicht ihre Rotterei.

Im Mai haben die Herrschaften auch Thomas Müntzer geschnappt, den Kopf dieser ganzen Bewegung. Ich kann nicht genug darüber jubeln, dass dieser Mordprophet nun hingerichtet ist. Hätte es ihn und die anderen Schwärmer nicht gegeben, wäre meine Lehre klar und rein geblieben und der Papst längst besiegt. Das bleibt meine Meinung.

Ich habe im Aufruhr alle Bauern erschlagen, denn ich habe geheißen, sie totzuschlagen. All ihr Blut ist auf meinem Hals. Aber ich weise es auf unseren Herrgott, der mir das zu reden befohlen hat.

Erst recht erkenne ich nun, wie wichtig Gesetz, Zucht und Ordnung sind. Auf Erden gibt es die Pflicht zum Gehorsam. Da darf die Obrigkeit nicht mit einem Blümlein von der Liebe regieren, sondern mit dem bloßen Schwert. Wenn auch Jesus sagt, die Letzten werden die Ersten sein, so haben sie doch auf Erden zu gehorchen. Das muss an den Schulen und Universitäten gelehrt werden. Ich arbeite weiter an den Programmen dafür. Auch mein eigenes Leben ändere ich völlig. Es ist nicht gut, wenn der Mann unbeweibt ist.

Eine deutsche Revolution

Zwar behauptete Luther, er stamme von Bauern ab, doch gehörte sein Vater zu den Freibauern, der über Grund und Boden frei verfügen konnte und der sich als einflussreicher Bergwerksbetreiber eine Art eigene, große Firma aufgebaut hatte. Seine Mutter zählte zur Eisenacher Oberschicht. Seine Eltern gehörten damit einer wohlhabenden Bevölkerungsklasse an, die über ihr Leben selbst bestimmen konnte. Doch drei Viertel aller Menschen zu Luthers Zeiten waren Bauern, die nichts zu sagen hatten, von deren Arbeit aber alle lebten. In einer Zeit ohne Motoren, ohne Kunstdünger, ohne Schädlingsbekämpfungsmittel mussten sie die Nahrung auf dem Feld mühsam erarbeiten. Ihre Lage war erbärmlich.

Sie aßen meisten nur Roggenbrot, Haferbrei, Linsen und Erbsen. Wer auf dem Feld ein Rebhuhn oder im See einen Karpfen fing, wurde, wenn man ihn erwischte, mit dem Ausstechen der Augen oder sogar mit dem Tod bestraft. Als Kleidung hatten die Bauern nur eine Jacke und Hose aus grobem Leinentuch, einen Filzhut und ein Paar Schuhe aus Lederstücken, die Bundschuhe, die sie später zu ihrem Kampfeszeichen machten. Ihre Häuser waren aus Holz und Lehm auf den gestampften Boden gesetzt und mit Stroh gedeckt. Den ganzen Tag lang mussten sie sich schinden, um dem Acker etwas zum Leben abzugewinnen. Von ihrer Ernte hatten sie dann noch einen Teil, den Zehnten, ihren Herren abzuliefern. Denen mussten sie obendrein zu Diensten sein (Fron), wann die es wollten. Sie mussten ihnen etwa das Holz hacken, die Ernte einbringen, ihnen die steinernen Häuser und Burgen ausbauen und das Wild vor die Flinte treiben.

In ihrer Not begannen die Bauern, unterstützt von vielen Stadtbewohnern, gegen ihre Herren zu kämpfen. Zu einem der Aufstände kam es, weil eine Gräfin an einem Feiertag und mitten zur Erntezeit den Bauern befahl, Schneckenhäuser zu sammeln und darauf Garn zu winden.

Die Aufstände von 1524/25, als sich in weiten Teilen Süd- und Mitteldeutschlands Volksheere zum Kampf gegen die Fürsten sammelten, nennt man auch den »Deutschen

So grausam starben die Aufständischen durch Hinrichtungen – die unterschiedlichen Methoden hat der zeitgenössische Künstler in einem Bild zusammengestellt.

Bauernkrieg«. Er entsprang schlichter Verzweiflung – und dem Glauben, dass man gegenüber den Herrschenden sein Recht durchsetzen könnte, wie Luther es ja vor dem Kaiser in Worms eindrucksvoll gezeigt hatte. Luther wollte aber nie die Herrschaft infrage stellen. Ihn interessierte nur der richtige Weg zum Glauben. Er sah im Gegenteil in den Forderungen der Bauern die Ausbreitung seiner eigenen Lehre bedroht. Daher stellte er sich entschieden gegen sie, mit Worten, die zu den schrecklichsten der deutschen Geschichte gehören. Mithilfe der Landsknechte wurden die Aufständischen am Ende besiegt und Tausende von ihnen umgebracht, oft auf grausamste Weise. Luther hatte also auch gegen das einfache Volk seine Lehre verteidigt.

In häuslichen Dingen füge ich mich Käthe

Der Erfolg meiner Lehre ist auch daran zu sehen, dass sich viele der Klöster auflösen, in denen die Mönche und Nonnen in so großer Zahl an der verfluchten Keuschheit zugrunde gehen. Der Weg der Möncherei führt nun mal nicht zu Gott. Wo aber papsttreue Fürsten oder Äbte oder Äbtissinnen über die Klöster wachen, wird die Lage für viele Insassen schlimm.

Im April 1523 habe ich mich daher an einem Bubenstück beteiligt, als zwölf Nonnen, meist junge Frauen, aus dem Kloster Nimbschen entkommen sind. Sie hatten heimlich Briefe aus dem Kloster geschickt und gefleht, sie zu befreien. Ich habe mich dazu mit dem Torgauer Ratsherren Leonhard Koppe besprochen, der das Kloster mit Waren belieferte. Leider lag der ganze Fluchtweg auf dem Gebiet des Herzogs Georg, der streng zu den Papisten hält und nicht lange fackelt, wenn gegen Gesetze verstoßen wird: Viele haben da schon ihr Leben eingebüßt. Der selige Räuber Koppe hat also Kopf und Kragen riskiert. Als er einmal leere Heringstonnen aus dem Kloster abholen musste, haben sich dazwischen die zwölf Nonnen versteckt. Wie musste er Blut und Wasser schwitzen, bis sein Planwagen endlich hinter die siche-

ren Mauern von Torgau rumpelte! Alle Bürger der Stadt waren da auf den Beinen und begrüßten unter läutenden Osterglocken die armen Frauen.

Sie alle habe ich inzwischen in die Ehe vermittelt, meistens an andere Pfarrer, die auch alle gern heiraten möchten. Eine aber bleibt störrisch: Katharina von Bora. Sie lehnt alle Angebote ab, obwohl sie mit 26 Jahren eigentlich schon zu alt für eine Ehe ist. Nach zwei Jahren sagt sie nun: Sie möchte meinen Weggefährten Amsdorf oder mich selbst ehelich nehmen …

Als ich davon höre, bringt mich das ganz durcheinander. Für mich selbst kommt die Ehe nicht infrage, weil ich doch täglich den Tod als Ketzer vor Augen habe. Doch geht mir der Gedanke nicht mehr aus dem Kopf. Ich weiß ja auch, dass mein lieber Vater mich gern verheiratet sehen möchte. Außerdem hat mir schon 1524 mein Kurfürst das leere Augustinerkloster in Wittenberg geschenkt, mit dem ich gar nichts anzufangen weiß. Doch mit einer Frau an meiner Seite könnte es sich bald wieder mit Leben füllen.

So mache ich Nägel mit Köpfen. Als der Aufruhr der Bauern beendet ist und wieder Ruhe herrscht, heirate ich am 13. Juni 1525 Katharina von Bora, meine Käthe oder Kette, wie ich sie bald scherzhaft nenne.

Mit dieser Heirat mache ich mich so gering und verächtlich, dass hoffentlich die Engel lachen und alle Teufel weinen. Wie ich die Papisten damit wieder ärgere: Ein Mönch heiratet eine entlaufene Nonne! Ich höre, ich sei der bösen Lust gefolgt und damit von der Vollkommenheit in die Schlechtigkeit gesunken. Doch die Welt und ihre Weisen verstehen das fromme Werk Gottes noch nicht: Denn so wenig man des Essens und Trinkens entbehren kann, ebenso wenig ist es möglich, sich der Frauen zu enthalten. Denn wir können uns vermöge natürlicher Begierde ihrer nicht entäußern. Der Grund ist, dass wir in ihrem Leib empfangen, in ihm genährt, von ihm geboren, gesäugt und erzogen werden, sodass unser Fleisch zum größten Teil Frauenfleisch ist.

Im Juni 1526 halte ich meinen ersten Sohn in den Armen. Ich nenne ihn nach meinem Vater Hans, der sich so sehnlich einen Stammhalter gewünscht hat. Mit nun 43 Jahren bin ich wirklich mit der Welt versöhnt.

Katharina macht aus dem heruntergekommenen Kloster in Wittenberg ein blühendes Unternehmen. Bald wohnen ständig 30 bis 40 Personen bei uns, Waisen, Studenten, Knechte und Diener. Meine Frau gestaltet das ganze riesige Haus neu: Sie lässt Mauern einreißen und neue ziehen, sie baut Treppen, unterkellert ganze Teile und richtet auch eine Badestube ein. Obwohl sie fast ständig schwanger ist, bewirtschaftet sie die Gärten, hält Fischteiche, schafft Kühe und Ziegen an, züchtet Bienen und braut sogar Bier. Sie ist so erfolgreich in diesen weltlichen Dingen, dass ich sie bald »Herr Käthe« nenne.

Für mich bleibt freilich am wichtigsten, den neuen Glauben zu schützen. Dazu kommt es darauf an, dass alle dasselbe darunter verstehen. So schreibe ich zusammen mit meinen Anhängern, vor allem mit Philipp Melanchthon, die wichtigsten Anweisungen für den Gottesdienst und ein gottgefälliges Leben. Die entscheidenden Arbeiten werden der Kleine und Große Katechismus. Darin führen wir alles auf, was zum richtigen Christentum gehört. Was zählt, sind nicht gute Werke oder Bußen oder sogar Ablässe, sondern der Glaube allein.

Im eigenen Land machen mir nur die Juden zunehmend Sorgen. Obwohl ich nun so deutlich gezeigt habe, wie der Papst das Christentum verdunkelt, wollen sie das Licht nicht sehen und unseren Glauben nicht annehmen. Lieber wollen sie wie seit 3.000 Jahren an ihren eigenen Messias* glauben – und lehnen Christus ab. Sie wissen wirklich nicht, was sie tun, und wie Besessene wollen sie auch nicht wissen, hören und lernen. Vielleicht müssen wir bei ihnen ganz andere Mittel anwenden, damit wir mit ihnen nicht Gottes Zorn auf uns ziehen und verdammt werden.

Sonst aber setzt sich das Wort Gottes durch, auch wenn noch so viele dagegen kämpfen. 1526 findet in Speyer ein neuer Reichstag statt, wo die Papisten wieder versuchen, gegen meine Lehre vorzugehen. Doch die evangelischen Fürsten stehen zusammen. Sie schließen ein Bündnis und zeigen damit Papst und Kaiser, dass sie den richtigen Glauben verteidigen werden. Man einigt sich dann, bis zu einer endgültigen Entscheidung im Reich alles so zu lassen, wie es ist. So sorgt Gott dafür, dass seine wahre Lehre bestehen bleibt.

Und damit in meiner Heimat nicht heimlich die Schwärmer und Papisten wirken können, schicken wir Visitatoren los. Das sind von uns geprüfte Vertreter, die stark im Glauben sind. Sie stellen in den Gemeinden fest, ob die Pfarrer richtig predigen und unterrichten und in welchem Zustand sich jeweils die Kirche befindet: Wo jemand rebelliert, soll er von mir aus das Land verlassen. So ist schon einmal mein Fürstentum Kursachsen befreit. Unser Glaube, unsere Gesetze und unser Leben müssen in der ganzen Welt als Vorbild dienen.

Trotzdem bleibt die Bedrohung, von innen wie von außen. Auf einem weiteren Reichstag in Speyer soll es 1529 eigentlich entschieden gegen die Türken gehen, gegen die sich das Reich geschlossen verteidigen müsste. Aber wieder werden die Vertreter meiner Lehre angegriffen: Sie sollen sich der katholischen Mehrheit unterordnen. Sie protestieren, erfolgreich zwar, aber als Minderheit. Der Papst bleibt doch an der Macht. Und die Türken können weiter vorrücken. Das Ende ist nah.

Luthers Kampf gegen den Papst, sein Teufelsglaube und Judenhass

Nach christlicher Vorstellung gibt es einen Anfang der Welt, die Gott innerhalb einer Woche erschaffen hat, und ein Ende, wenn das Reich Gottes errichtet wird. Vor diesem Ende gibt es aber noch eine Endzeit. Die deutet sich durch vielerlei Zeichen an, besonders durch Kriege, große Not, aber auch das Erscheinen falscher Propheten. Danach wird Christus wiederkommen und über die Menschen richten.

Weil die Menschen zur Zeit Luthers ständig den Tod vor Augen hatten, waren viele davon überzeugt, dass die Endzeit angebrochen wäre. Um möglichst in den Himmel zu kommen, taten sie alles, was die Kirche von ihnen verlangte. Nach Luther gab die römische Kirche aber mit ihrem »unflätigen Narrengeschwätz« die falschen Anweisungen und war in ihrer Lasterhaftigkeit sowieso das falsche Vorbild.

Als Luther den »richtigen« Glauben gefunden hatte, wollte er die bestehende Kirche noch zum Besseren wenden. Als diese aber ihn und seine Lehre bekämpfte, blieb für ihn nur eine Erkenntnis – er hatte es in Rom mit dem Teufel zu tun: »Denn was nicht von Gott ist, muss vom Teufel sein.«

Mit dem Papst als seinem Gegenspieler sah er sich daher in einem Kampf zwischen Gut und Böse: In Rom würde der »wahre und leibhaftige Antichrist« herrschen, und um gegen den zu kämpfen, war für ihn jedes Mittel recht. Luther war auch das unflätigste Wort nicht zu schade, um über den Papst herzuziehen und ihn als Teufel, der sich ja nur verstellte, bloßzustellen: »Der Papst und sein Papsttum ist ein Teufelsgespenst aus Lügen, Gotteslästerungen, als dem Teufel aus dem Hintern geboren.«

Tatsächlich glaubte Luther beinahe wie besessen an den Teufel. Er berichtete selbst, wie der ihn auf der Wartburg verführen wollte. Zwar war der Teufelsglaube im Mittelalter allgemein verbreitet, doch fühlten sich wenige so bedroht

Während Luther an seinen Schriften arbeitet, kommt der Teufel (im Bild mit Eselsohren und Vogelfuß) und bringt ihm eine Kriegserklärung. Dieser Holzschnitt von 1524 stammt aus einer zeitgenössischen Flugschrift.

wie Luther. Er war ein zutiefst abergläubiger Mensch, der überall das Wirken des Bösen vermutete. Dagegen hatte er verschiedene Mittel zur Hand. Wenn der Teufel sich wirklich zeigte, sollte man entweder beten oder ihn direkt nach Christus fragen. Wenn das aber nicht half, so »weise man ihn flugs mit einem Furz« ab, wie er schrieb, oder man sage ihm: »Teufel, ich habe in die Hosen geschissen, hast du es auch gerochen und zu meinen anderen Sünden in dein Register geschrieben?«

Wie an den Teufel glaubte Luther auch an Hexen, an Zauberei und Spuk. So meinte er etwa, dass es Zauberinnen gäbe, die Unwetter und Verwüstungen im Haus bewirken oder aus einer Meile Entfernung einen Menschen zu einem Hinkenden machen könnten. Er forderte, alle Zauberinnen zu töten.

Und Luther glaubte leider auch an einen verderblichen Einfluss der Juden, ja, er erwies sich am Ende seines Lebens als einer der schlimmsten Judenhasser der Geschichte. Weil Luther für die Protestanten überragende Bedeutung hat, ist darüber meistens nicht berichtet worden. Aber für ihn gehörte der Judenhass zu seinem Glauben. (Erst heute, 500 Jahre nach der Reformation, ist man in der evangelischen Kirche bereit, dieses Problem zu diskutieren.)

Am Anfang ging Luther noch auf die Juden ein, weil er meinte, sie würden seinem Weg zum »wahren« Glauben folgen. Als sie das aber nicht taten, machte er bis zum Ende seines Lebens immer wieder Vorschläge, wie man gegen sie vorgehen sollte. Diese konnten die Nationalsozialisten (die freilich noch einen letzten, entsetzlichen Schritt weitergingen) im 20. Jahrhundert genauso aufgreifen: Man sollte den Juden die Synagogen*, ihre Schulen und Häuser zerstören, sie in Ställen unterbringen, ihre Religion verbieten, sie zu harter Arbeit zwingen, ihnen ihr Geld und ihren Schmuck abnehmen. Am besten aber sollte man sie aus dem Land treiben.

Auch Luthers Judenhass zeigt, wie er seinen Glauben verstand: Wer nicht von seinem Weg zu überzeugen war, musste des Teufels sein und vernichtet werden.

Ich habe mich ausgepredigt, wie sich eine Henne mit Eiern auslegt

Es war gewiss göttliche Fügung, dass der Kaiser jahrelang andere Feinde bekämpfen musste, wie die Türken und die Franzosen, statt mich. 1530 hat er aber den Rücken frei. Er beruft einen neuen Reichstag in Augsburg ein, um sich wirklich mit uns zu einigen, und zwar in seinem Sinne. Ich selbst kann als Geächteter dort nicht erscheinen. Statt meiner reisen aber unsere wichtigsten Gelehrten an, an erster Stelle Philip Melanchthon. Ich selbst quartiere mich in der am nächsten für mich sicheren Burg ein, der Veste Coburg am südlichsten Ende des Kurfürstentums Sachsen.

Wie auf der Wartburg muss ich wieder ohnmächtig zusehen, wie andere über meine Angelegenheiten bestimmen. Anders als damals in Worms will Karl V. diesmal entschieden gegen uns Evangelische vorgehen. Doch wir schließen unsere Reihen fest. Der Kaiser und alle Katholischen müssen unser Bekenntnis hören. Melanchthon hat es extra aufgeschrieben. Dieses Augsburger Bekenntnis gefällt mir sehr gut und ich weiß nichts daran zu verbessern. Drei Stunden lang liest es der Kanzler meines Kurfürsten dem Kaiser und allen Versammelten laut vor.

Monatelang ziehen sich die Verhandlungen hin. Ich selbst habe bald genug und will, dass unsere Vertreter die Verhandlungen abbrechen und zurückkehren. Wird ein Krieg draus, so werde er draus. Wir haben genug gebeten und getan. Die Papisten sind vor-

gepescht und wir haben sie abgewehrt. Am Ende wird der Reichstag ohne Ergebnis aufgelöst. Unser Bekenntnis lehnt der Kaiser ab.

Danach rüsten die Katholiken weiter und wollen den Kampf. Doch wir rüsten auch und gründen zur Verteidigung ein militärisches Bündnis, den Schmalkaldischen Bund*. Zwar scheint das gegen das Wort unseres Heilands zu sprechen, doch zeige ich in einigen Schriften, dass es auch hier recht sein kann, zum Schwert zu greifen. Denn wenn es wirklich zum Krieg kommt, so will ich die, die sich gegen die blutgierigen Katholiken zur Wehr setzen, nicht als aufrührerisch schelten. Sie würden dann in Notwehr handeln.

Am Ende meines Lebens muss ich erkennen, dass die Welt doch nicht zu bessern ist. Sie wird wohl bald untergehen. Sogar Wittenberg hat sich in ein Sodom* verwandelt, wo ich keine Perlen mehr vor die Säue werfen will. Ich habe dort geschrieben und gelehrt. Nichts hat genützt. Solchen Säuen will ich kein Hirte sein. Daher will ich Wittenberg verlassen. Doch man redet mir das aus.

Trotzdem schreibe ich der Welt 1544 noch einmal mein Vermächtnis auf, nämlich wer sie wirklich bedroht: Es sind der Papst und die Juden. Die eine Schrift nenne ich *Wider das Papsttum, vom Teufel gestiftet*. Darin komme ich zu dem Schluss, dass ich eigentlich gar nicht mehr in dem lästerlichen, höllischen Teufelsdreck und Gestank wühlen mag. Wer Gott hören will, der lese die Heilige

Schrift, wer den Teufel reden hören will, der lese des Papstes Dekrete und Bullen.

Nur die Juden sind beinahe noch gefährlicher, meine ich. Auch über sie versuche ich, in Schriften aufzuklären. Ich erkläre, dass eigentlich die Juden unser ärgster Feind sind. Wenn ich nur könnte, würde ich sie niederstrecken und in meinem Zorn mit dem Schwert durchbohren. Nur so kann Gottes Wort und der wahre Glaube rein bleiben.

Sonst warte ich auf die Stunde des Todes. Ich bin träge, müde, alt, das heißt, ein Greis und unnütz. Ich habe meinen Lauf vollendet. Um den Kaiser und das ganze Reich kümmere ich mich nicht mehr, außer dass ich sie im Gebet Gott empfehle. Ich habe auf der Erde alles so eingerichtet, dass ich in Frieden gehen kann. Die ganze Bibel, Neues und Altes Testament, ist längst übersetzt. Ich habe die letzten Korrekturen eingefügt. Für Katharina ist gesorgt und auch für meine Kinder. Von ihnen haben vier die gefährliche Zeit des Heranwachsens überlebt, zwei leider nicht, darunter meine über alles geliebte Tochter Lenchen, die mit zwölf Jahren in meinen Armen starb. Ich werde sie bald wiedersehen.

Wir sind Bettler: *Hoc est verum.*

Luther – der große Reformator

Im Januar 1546 musste Luther einmal wieder in seine Geburtsstadt Eisleben reisen, um einen Streit um Bergbaurechte zwischen Grafen und Hüttenmeistern zu schlichten. Für solche Aufgaben wurde er als Schiedsrichter gern herangezogen. Er hatte schon vorher gesagt: »Ich habe keine Lust mehr, in dieser bösen Welt länger zu leben. Wenn ich wieder von Eisleben komme, dann will ich mich in meinen Sarg legen und den Würmern einen feisten Doktor zu verzehren geben.« Aber wirklich ernst war das nicht gemeint. Er fühlte sich dort doch ganz lebendig und schrieb an die Lutherin, seine Frau: »Wir haben zu fressen und saufen genug und hätten gute Tage, wenn die verdrießlichen Verhandlungen nicht wären.«

Als diese Verhandlungen aber abgeschlossen waren, wurde es Luther plötzlich »hart um die Brust«. Er sagte noch zu seiner eigenen Verwunderung: »Ich bin hier zu Eisleben geboren und getauft, wie wenn ich hier bleiben sollte?« Wahrscheinlich erlitt er einen Herzinfarkt. Er starb am 18. Februar 1546.

Luthers Tod hielt die Reformation nicht auf. Seine Lehre war gefestigt und blieb bestehen, auch als ihre Anhänger im folgenden Schmalkaldischen Krieg den kaiserlichen katholischen Truppen unterlagen. Schon 1555 sicherte der Augsburger Religionsfrieden* den Reichsständen erstmals Religionsfreiheit zu.

Auch heute noch lässt sich über Luthers religiöse Ansichten streiten. Immer noch geht es dabei um die Rolle des Papstes. Nur ist man in den protestantischen Glaubensgemeinschaften heute weit davon entfernt, das Oberhaupt der katholischen Kirche so anzugreifen, wie Luther es tat. Der Papst jedoch wird als »Stellvertreter Christi auf Erden« immer dafür sorgen, dass es zu keiner Vereinigung der christlichen Kirchen kommen kann, auch nicht nach einem halben Jahrtausend der Spaltung.

Trotzdem gibt es immer wieder Versuche, die Einheit der Kirche wiederherzustellen – Ökumene genannt. Abgesehen von der Rolle des Papstes kann man sich aber schon wegen des Abendmahls nicht einigen. Es geht dabei um die Worte, die Christus vor seinem Tod am Kreuz zu den Jüngern sagte, als er ihnen Brot und Wein reichte: »Nehmt, esst, das ist mein Leib!«, und: »Das ist mein Blut.« Soll man hier das Wort »ist« wörtlich nehmen? Angesichts der christlichen Botschaft von Barmherzigkeit und Nächstenliebe ist so ein Streit eigentlich tragisch. Es zeigt aber auch, dass es die Menschen der christlichen Welt heute nicht mehr nötig haben, bedingungslos für ihren Glauben und »ihre« Kirche zu kämpfen.

Luthers größte Leistung bestand darin, die Macht der (katholischen) Kirche gebrochen zu haben. Dazu machte er aber den Glauben erst recht zum Mittelpunkt des Lebens.

Luther ging davon aus, dass der Mensch nicht einmal einen freien Willen habe, weil alles von Gott bestimmt sei. Luther brachte den Menschen keine größere Selbstbestimmung. Er selbst bekämpfte alles, was gegen seine Ideen sprach. Schließlich warf man ihm vor, der »Papst Wittenbergs« zu sein.

Trotzdem hat Luther mit seinem neuen Glauben eine neue Zeit eingeleitet, vielleicht eine bessere. Denn mit Luther begannen die Menschen, die Religion und ihre Ausübung immer wieder zu hinterfragen. Die Konkurrenz im Glauben förderte die Rationalität, das Vernunftdenken. Die Menschen gewannen an gedanklicher und persönlicher Freiheit. So führte diese Entwicklung schließlich zu einer Trennung von Kirche und Staat und erlaubte alle möglichen Formen von Religion, auch den Atheismus*.

Heute ist der tiefe Glaube an den christlichen Gott, der das ganze Leben und Denken beherrscht, verschwunden, zumindest in weiten Teilen der aufgeklärten westlichen Welt. Für viele ist er höchstens noch an Weihnachten von Bedeutung. Heute würden viele gar nicht mehr verstehen, was die Christen eigentlich spaltet, außer dass die einen den Papst haben und die anderen nicht – einmal abgesehen von den Orthodoxen, den sogenannten Ostkirchen, die schon seit fast 1.000 Jahren eigene Wege gehen, weil sie ebenfalls den Papst nicht als Oberhaupt der christlichen Kirche anerkennen wollen. Die Religion ist oft einfach Tradition geworden: Man ist katholisch, weil man aus einer »katholischen Familie« stammt. Das zeigt sich etwa im Religionsunterricht, den es in Deutschland an den Schulen gibt: Sogar die Kinder, die davon noch gar nichts verstehen können, werden in katholische und evangelische getrennt.

Was allerdings wirklich den Unterschied ausmacht, was Luther eigentlich wollte und was seit 1517 zu so viel Unfrieden geführt hat – das können auch die kaum erklären, die heute noch gläubig sind: Da geht es um die Rechtfertigungslehre, um die »Transsubstantiation«, um die »Prädestination«. Diese Dinge haben die kirchlichen Experten immer wieder diskutiert – und daran ihren Verstand geschärft. Am Ende setzte sich mit der Aufklärung im 17. Jahrhundert die Vernunft durch.

Martin Luther als zufriedener Ehemann mit 45 Jahren, gemalt von Lucas Cranach d. Ä.

Zugleich entstand der Kapitalismus, der das Streben nach immer noch mehr Geld zum Prinzip hat. Besonders rasant entwickelte sich diese heute weltweit herrschende Wirtschaftsform in den Ländern, die vom Protestantismus bestimmt sind, an erster Stelle Großbritannien und die USA.

Am Anfang auch dieser modernen Entwicklung, die das menschliche Leben und Zusammenleben komplett verändert hat, stand Martin Luther, der mit seiner Reformation die Menschen weg von der »Möncherei« und hin zum »richtigen« Glauben führen wollte.

Zeittafel – Luthers Leben

1483	10. November: Luther wird in Eisleben geboren.
1488	Fängt die Schule an.
1501	Beginnt das Universitätsstudium in Erfurt.
1505	Januar: Schließt das Grundstudium ab. Mai: Beginnt Jurastudium. Juli: Tritt in das Augustinerkloster in Erfurt ein.
1507	Studiert Theologie.
1508	Wird an die Universität Wittenberg entsandt.
1509	Lehrt an der Universität Erfurt.
1510/11	Reist nach Rom.
1512	Wird Doktor der Theologie.

1517	Verfasst die 95 Thesen.
1518	Oktober: Wird von Kardinal Cajetan verhört; verweigert den Widerruf.
1519	Januar: Tod Kaiser Maximilians I. Juni: Wahl Karls V. zum Kaiser. Dezember: Verbrennt öffentlich die gegen ihn gerichtete Bulle.
1521	April: Wird vor dem Reichstag in Worms verhört. Mai: Wird mit der Reichsacht belegt. Wird auf der Wartburg versteckt. August: Eroberung Belgrads durch die Türken. Dezember: Beginnt die Übersetzung des Neuen Testaments.
1522	März: Kehrt zurück nach Wittenberg und predigt gegen religiös Abtrünnige. September: Neues Testament erscheint in deutscher Sprache.
1524	Ab Juni: Volksaufstände.
1525	Predigt und publiziert gegen die Aufständischen. Mai: Tod Friedrichs III.; endgültige Niederlage der Aufständischen. Juni: Heiratet Katharina von Bora.
1526	Einnahme großer Teile Ungarns durch die Türken.

1529 Reichstag in Speyer: Protestation der evangelischen Stände.
Erste Wiener Türkenbelagerung.

1530 Juni bis November: Reichstag in Augsburg; Verkündigung des Augsburger Bekenntnisses.

1531 Gründung des Schmalkaldischen Bundes.

1534 Gesamtausgabe von Luthers Bibelübersetzung erscheint.

1546 18. Februar: Luther stirbt in Eisleben.

Luther-Worte

Seit Martin Luther in Deutschland die Reformation in die Wege geleitet hatte, war er eine der bekanntesten Persönlichkeiten seiner Zeit. Alles, was er in irgendeiner Form äußerte, hatte großes Gewicht. Daher gibt es eine fast unüberschaubare Zahl von »Luther-Worten«. Viele davon sind jedoch so abgeändert und verdreht, dass sie kaum mehr dem Original entsprechen. Das liegt auch daran, dass etliche Zitate von Luther eigentlich Lateinisch lauten, der Gelehrtensprache seiner Zeit, oder dass seine deutschen Aussprüche heute manchmal nicht mehr richtig zu verstehen sind. Wörter sind veraltet, die Rechtschreibung war anders: »Nu weys ich wol, das meyn schreyben ubel gefallen wird …« Aber es macht Spaß, Luther in seiner eigenen Mundart zu lesen, besonders wenn er von den alltäglichen Dingen des Lebens spricht. Sie zeigen, wie nah oder wie fern uns Luther heute ist.

Ein Mensch kann leben ohne Augen, Ohren, Hände, Füße; aber ohne den Arsch, mit Züchten zu reden, kann kein Mensch leben.

Kopfweh und Herzleid sind vor allen anderen Schmerzen die größten Anfechtungen und Krankheiten, wie jener sagte: Hui, höre auf, oder ich vergehe! Indes ist Zahn- und Ohrenweh auch schwer; ich will lieber die Pestilenz und die Franzosen [Syphilis] haben!

Wir essen gleich das, das die Säue und andere unvernünftige Tiere essen, allein dass wir's in die Schüssel legen und anrichten, die Sau aber beißt's von der Wurzel ab.

Lieber Knabe, schäme du dich nicht, dass du ein Maidlein begehrst, und du Maidlein einen Knaben. Lass nur zur Ehe gelangen, und nicht zu der Buberei, so ist's keine Schande, als wenig als essen und trinken eine Schande ist.

Es ist ein groß Ding, wenn einer ein Mägdlein immerdar kann liebhaben, denn der Teufel lässt es selten zu.

Männer haben eine breite Brust und kleine Hüften, darum haben sie auch mehr Verstandes denn die Weiber, welche enge Brüste haben und breite Hüften und Gesäß, dass sie sollen daheim bleiben, im Hause still sitzen, haushalten, Kinder tragen und ziehen.

Mutterliebe ist viel stärker denn der Dreck und der Grind am Kind.

Die Mutter ist's, denn die trägt das Kind im Mutterleibe, gebiert's zur Welt, hänget's an die Brüste und stillet's. Danach scheißt es ihr zum Lohn dafür in den Schoß. Das muss die Mutter alles ausfegen.

Wenn junge Kinder gut schreien, so wachsen sie gut. Denn durch Schreien dehnen sich die Glieder und Adern auseinander, weil sie sonst keine andere Übung haben, sich zu bewegen.

Alten Leuten soll man Wein schenken, junge Kinder soll man mit Milch tränken. Vor acht Jahren soll man keinem Kind Wein zu trinken geben.

Deutschland ist ein sehr gut Land, hat alles genug, was man haben soll, zu erhalten dieses Leben reichlich. Es hat allerlei Früchte, Korn, Wein, Getreide, Salz, Bergwerke und was aus der Erde zu kommen und zu wachsen pflegt; allein mangelt's an dem, dass wir's nicht recht achten nicht recht brauchen, wie wir billig sollten, Gott zu Ehren und dem Nächsten zu Nutz, und danken ihm nicht dafür; ja wir missbrauchen aufs allerschändlichste, viel ärger denn die Säue.

Wir Deutschen sind ein wild, roh, tobend Volk, mit dem nicht leicht etwas anzufangen ist. Darum weiß man auch von uns Deutschen nichts in anderen Ländern. Und wir müssen in aller Welt die deutschen Bestien heißen, die nichts können als kriegen, fressen und saufen.

Du kannst nicht wehren, dass die Vögel hin und her in der Luft fliegen; aber dass sie dir in den Haaren nisten, das kannst du ihnen wohl wehren. Ebenso wird keiner sein, dem nicht böse Gedanken einfallen: Aber man soll sie wieder ausfallen lassen, damit sie nicht tief in uns einwurzeln.

Wir sind Narren und elende Humpler mit unserem Tun und Kunst.

Viele Bücher machen nicht gelehrt, viel Lesen auch nicht, sondern gut Ding und oft Lesen.

Man dient Gott auch durch Nichtstun, ja, durch keine Sache mehr als durch Nichtstun.

Es ist dem Menschen jetzt kein Kunst leichter denn theologia. *Ich wollt all mein Finger darum geben, allein drei ausgenommen, dass sie mir auch so leicht wäre. Aber ich kann nicht besser hindurch kommen, denn ich spreche: Teufel, lecke mich in Arsch!*

Ich esse, was mir schmeckt, und leid danach, was ich kann.

Oh, dem Bier ist recht gegeben, darum giert [gährt] und schäumt es so wohl alle Schande und Laster heraus.

Wer mit Traurigkeit, Verzweiflung oder anderem Herzeleid geplagt wird und einen Wurm im Gewissen hat, derselbige halte sich ernstlich an den Trost des göttlichen Wortes, danach so esse und trinke er und trachte nach Gesellschaft und Gespräch gottseliger und christlicher Leute, so wird's besser mit ihm werden.

Luther-Gedenkstätten

Wer mehr über Martin Luther und sein Leben erfahren möchte, kann sich selbst auf Spurensuche begeben. In Deutschland gibt es Hunderte von Luther-Denkmälern – nicht nur Statuen, sondern auch Gedenkbäume, vor allem Eichen. Viele stammen aus der Zeit des deutschen Kaiserreichs (1871–1918), als das protestantische Preußen die deutsche Politik bestimmte. Außerdem gibt es an den Orten, an denen Luther lebte oder wichtige Ereignisse der Reformation stattfanden, Gedenkstätten und Museen. Die bedeutendsten gehören zur Welterbe-Liste der UNESCO, der Kulturorganisation der Vereinten Nationen. Sie sind meist in der Mitte Deutschlands zu finden: Weil Luther immer um sein Leben fürchten musste, unternahm er kaum weite Reisen.

Eisleben Luther wurde in Eisleben geboren und starb dort. Sein Geburtshaus brannte im 17. Jahrhundert ab. Auf dem Grundstück wurde eine Luther-Gedenkstätte errichtet. Die Sammlung erzählt von der Herkunft Luthers und zeigt beispielsweise einen Taufstein von 1518.
In welchem Haus in Eisleben Luther gestorben ist, war lange Zeit umstritten. Seit dem 18. Jahrhundert ist man sich sicher, dass es nur das Haus am Andreaskirchplatz gewesen sein kann. Die Bausubstanz des Hauses stammt nachweislich aus

der Zeit Luthers. Die Ausstellung dort erzählt von Luthers letzter Reise und seinem Umgang mit dem Tod. Die Schlafkammer und das Sterbezimmer sind nach zeitgenössischen Zeugnissen rekonstruiert worden.

Geburtshaus
Lutherstraße 15
06295 Lutherstadt Eisleben
www.lutherstaedte-eisleben-mansfeld.de – im Menü »Orte & Region« unter »Luther-Gedenkstätten«

Sterbehaus
Andreaskirchplatz 7
06295 Lutherstadt Eisleben
www.lutherstaedte-eisleben-mansfeld.de – im Menü »Orte & Region« unter »Luther-Gedenkstätten«

Mansfeld Das Elternhaus in Mansfeld, wo Martin Luther als Kind dreizehn Jahre lang wohnte, besitzt inzwischen eine der besten Ausstellungen zu seinem Leben und ist das einzige weltweit, das sich mit seiner Kindheit beschäftigt. 2003 bis 2006 wurden dort bei archäologischen Ausgrabungen Kinderspielzeuge, Geschirr und Essensabfälle aus der Zeit Luthers in einer Grube entdeckt. Die Funde zeigen, dass es der Familie finanziell vergleichsweise gutging.

Elternhaus
Lutherstraße 26
06343 Mansfeld-Lutherstadt
www.lutherstaedte-eisleben-mansfeld.de – im Menü
»Orte & Region« unter »Luther-Gedenkstätten«

Erfurt In Thüringens Landeshauptstadt ist vor allem das Augustinerkloster mit Luther verbunden, in dem er seine prägendste Zeit verbrachte. Nach seiner Studienzeit in der Georgenburse lebte er dort sechs Jahre lang als Mönch, versinnbildlicht durch die »Luther-Pforte«, durch die er 1505 in das Kloster eingetreten war. 1507 hielt er hier seine erste Messe. Die Dauerausstellung »BIBEL-KLOSTER-LUTHER« zeigt wertvolle Dokumente.

Augustinerkloster
Augustinerstraße 10
99084 Erfurt
www.augustinerkloster.de

Eisenach Auf der Wartburg bei Eisenach befindet sich die »Luther-Stube«, in der »Junker Jörg« das Neue Testament ins Deutsche übersetzte. Schon früh kamen die Besucher in Scharen dorthin: In dem kleinen Zimmer fühlten sie sich Luther ganz nah und nahmen so manches Andenken mit. Deswegen wurde der berühmte Tintenfleck an der Wand bis ins letzte Jahrhundert immer wieder erneuert. Und weil zu viele Späne von Luthers Schreibtisch abgetragen wurden, brach dieser angeblich zusammen. Zu Luthers Zeiten sah die Burg anders aus, doch man gewinnt einen guten Eindruck davon, wie er dort gelebt hat.

Wartburg
Auf der Wartburg 1
99817 Eisenach
www.wartburg.de

Wittenberg Als Mönch lebte Martin Luther im damaligen *Augustinerkloster*. Nach der Auflösung des Klosters bewohnte die Familie dort das »Luther-Haus«. Das Museum gilt als eines der wichtigsten zur Reformation weltweit. Es zeigt nicht nur das Leben und Wirken Luthers, sondern auch die enorme politische und gesellschaftliche Bedeutung der Reformation. Zu den Exponaten gehören Luthers Mönchskutte, die 10-Gebote-Tafel von Lucas Cranach, Luthers Bibel sowie Handschriften.

Lutherhaus
Collegienstraße 54
06886 Lutherstadt Wittenberg
www.lutherstadt-wittenberg.de – im Menü »Luther 2017« unter »Luther-Gedenkstätten«

In der *Evangelischen Schlosskirche* liegt Martin Luther begraben. 1517 soll er hier seine berühmten 95 Thesen gegen den Ablassmissbrauch angeschlagen haben. Am Hauptportal der Kirche sind sie, in Bronze gegossen, verewigt.

Evangelische Schlosskirche
Schlossplatz 1
06886 Lutherstadt Wittenberg
www.schlosskirche-wittenberg.de

In der *Stadtkirche St. Marien* feierte Martin Luther die erste Heilige Messe in deutscher Sprache und hielt seine Predigten. Die noch erhaltene Kanzel ist im Luther-Haus ausgestellt. Der Altar der Kirche, geschaffen von Lucas Cranach und seinem Sohn, wird als »Reformations-Altar« bezeichnet. Luther ist dort als Prediger dargestellt, und in Gestalt des »Junker Jörg« als einer der Jünger beim letzten Abendmahl.

Stadtkirche St. Marien
Kirchplatz
06886 Lutherstadt Wittenberg
www.lutherstadt-wittenberg.de – im Menü »Luther 2017« unter »Luther-Gedenkstätten«

Glossar

Abendmahl Eine der wichtigsten christlichen Handlungen, auch Eucharistie genannt: Wenn im Gottesdienst Brot und Wein gegeben werden, soll sich darin Jesus Christus verkörpern, im katholischen Glauben nicht nur gedacht, sondern auch in Wirklichkeit.

Ablass In der katholischen Kirche bis heute bestehende Regelung, nach der eine »zeitliche Sündenstrafe« erlassen werden kann. Es heißt, die kirchlichen Vertreter könnten damit für Lebende und Verstorbene die Qualen des Fegefeuers verkürzen. Die Bestätigungen dafür, die Ablassbriefe, nutzte die Kirche bis 1567 zur Geldeinnahme.

Antichrist Christliche Vorstellung eines Gegenspielers von Jesus Christus, der vor dem Jüngsten Gericht, dem angenommenen Ende der Welt, die Herrschaft auf der Erde an sich reißen würde.

Aristoteles (384–322 v. Chr.) Wichtigster Philosoph des Abendlandes. Prägte bis in die Neuzeit das Denken und den Glauben der christlichen, aber auch der arabischen Welt. Im Mittelalter waren seine von Logik und Vernunft bestimmten Schriften die Grundlage der Scholastik. Seine Erklärungen der Wissenschaft und Philosophie galten lange als fehlerlos.

Atheismus Die Annahme, dass es nichts Überirdisches oder Göttliches in der Welt gibt.

Augsburger Bekenntnis Umfasst in 28 Artikeln die wichtigsten Grundsätze der lutherischen Lehre. Erarbeitet von Philipp Melanchthon.

Augsburger Religionsfrieden Ein 1555 erlassenes Gesetz, das im Heiligen Römischen Reich dem Frieden dienen sollte: Den Lutheranern wurde ihre neue Lehre zugestanden. Außerdem durfte jeder Landesherr die Religion in seinem Herrschaftsbereich selbst bestimmen. Das Ergebnis war die endgültige und rücksichtslose religiöse Spaltung Deutschlands.

Beichte Im Christentum das Bekenntnis eines Gläubigen, eine Sünde begangen zu haben.

Buchdruck Erfunden von Johannes Gutenberg um 1450. Ersetzte das Handwerk des mühevollen (Ab-)Schreibens von Büchern. Erst dadurch konnten Schriften in großer Zahl und billig verbreitet werden, auch von den einfachen Leuten. Die Reformation ist ohne den Buchdruck nicht vorstellbar.

Bulle Päpstliche oder kaiserliche Urkunde im Mittelalter.

Burse Billige Herberge für nicht ortsansässige Schüler und Studenten.

Cranach der Ältere, Lucas (1472–1553) Der wichtigste Maler der Reformationszeit, der von Luther im wirklichkeitsnahen Stil der Renaissance bedeutende Porträts schuf.

Dreißigjähriger Krieg Als Glaubenskrieg zwischen Katholiken und Protestanten 1618 begonnen, wurde er als europäischer Machtkampf auf deutschem Boden weitergeführt, als Frankreich im Verein mit Schweden gegen das Haus Habsburg um die Vormachtstellung in Europa kämpfte. Der Krieg verwüstete Deutschland schwer und kostete über ein Drittel der Bevölkerung das Leben. Er endete 1648 mit dem Westfälischen Frieden.

Eck, Johannes (1486–1543) Einer der bedeutendsten Theologen seiner Zeit und wichtigster Gegner Luthers.

Exkommunizieren Aus einer kirchlichen Gemeinschaft ausschließen. Die Exkommunikation bewirkte zu Luthers Zeiten auch die Reichsacht und damit die völlige Rechtlosigkeit: Ein solchermaßen Geächteter hatte keinen Schutz mehr und durfte von jedermann sogar getötet werden.

Fasten Zeitweiser Verzicht auf Nahrung, der zu fast jeder Religion gehört. Im Christentum war nach dem Vorbild von Jesus Christus besonders das 40-tägige Fasten vor Ostern verbreitet.

Fegefeuer Zu Mittelhochdeutsch *»vegen«* = »reinigen«. Nach katholischer Lehre der höllenähnliche, für den Gläubigen jedoch »reinigende« Ort des Wartens auf das Jüngste Gericht.

Friedrich III. (1463–1525) Kurfürst von Sachsen, auch Friedrich der Weise genannt. Er blieb zwar bis zu seinem Tod Anhänger der katholischen Kirche, unterstützte aber aus politischen Gründen insgeheim Luther, den er nicht dem Papst oder Kaiser auslieferte. So förderte er die Reformation entscheidend.

Gegenreformation Versuch der katholischen Seite, die Reformation mit allen Mitteln niederzuringen, auch militärisch. Führte zur Verfolgung und Unterdrückung aller Glaubensabtrünnigen. Endete mit dem Dreißigjährigen Krieg, als die Abmachungen des Augsburger Religionsfriedens bestätigt wurden.

Gute Werke Christlicher Begriff, der eigentlich »gute Taten« lauten müsste und heute »Werke der Barmherzigkeit« heißt. Sie gehören zur christlichen Nächstenliebe und fordern etwa dazu auf, Hungernde zu speisen oder Obdachlose zu beherbergen.

Heiliges Römisches Reich Deutscher Nation
Staatsgebilde in der Nachfolge des antiken Römischen Reiches – eine Art staatlicher Verein vieler einzelner Herr-

schaftsgebiete. Es schloss eine Vielzahl von Völkern ein und umfasste als Kernbereich das deutsche Siedlungsgebiet. Oberhaupt des Reiches war der Kaiser, der die Politik jedoch nicht allein bestimmte. Die Reichsstände hatten Mitspracherecht. Das Heilige Römische Reich Deutscher Nation verlor durch den starken Einfluss der Fürsten und Reichsstädte, dann durch die Reformation zunehmend an Bedeutung. Doch erst Napoleons Herrschaft in Europa führte 1806 zu seiner Auflösung.

Hieronymus (347–420) Einer der christlichen »Kirchenväter«, der die Bibel ins Lateinische übersetzte. Diese Bibelübersetzung, die *Vulgata*, galt in der katholischen Kirche bis in die Neuzeit als »richtig«.

Inquisition Bis in die Neuzeit betriebene Einrichtung der katholischen Kirche zur Verfolgung und Verurteilung sogenannter Ketzer, also Gläubiger, die von der katholischen Lehre abwichen. Die Inquisition verurteilte Tausende unschuldiger Menschen zu einem fürchterlichen Tod in aller Öffentlichkeit, meist auf dem Scheiterhaufen.

Jüngstes Gericht Im christlichen Glauben der Tag, an dem Jesus die Menschen entweder in den Himmel oder die Hölle schicken wird.

Karl V. (1500–1558) Herrschte als spanischer König und später als Kaiser des Heiligen Römischen Reiches über eines der größten Reiche der Geschichte, in dem – durch die Eroberung Amerikas – »die Sonne nicht unterging«. Der Habsburger wollte sein Reich unter einem Glauben zusammenhalten. Er scheiterte vor allem am deutschen Protestantismus.

Karlstadt (um 1480–1541) Eigentlich Andreas Bodenstein. Einer der Professoren Luthers in Wittenberg. Er kämpfte am Anfang mit Luther, ehe der ihn seinerseits bekämpfte.

Katechismus Lehrbuch für den christlichen Glauben, meist in der Form von Frage und Antwort. Luthers *Kleiner* und *Großer Katechismus* versammeln die wesentlichen Ideen seiner Lehre.

Ketzer Seit dem Mittelalter religiöser Ausdruck für diejenigen Gläubigen, die gegen die herrschende kirchliche Lehre verstoßen. Fachsprachlich: Häretiker.

Landsknechte Zu Luthers Zeiten deutsche Soldaten zu Fuß, deren kriegerische Dienste sich ein Herrscher kaufen konnte.

Legende Erfundene Geschichte zur Verehrung »heiliger« Gestalten. Luther hatte sich selbst gegen solche »Lügenden«, wie er sie nannte, gewandt. Doch wurden sie später auch auf ihn selbst gemünzt, wie im Fall der 95 Thesen, die Luther für das Volk an die Tür der Schlosskirche in Wittenberg angeschlagen haben soll; oder wie auch im Fall der berühmten Worte »Hier stehe ich, ich kann nicht anders«, die er auf dem Reichstag in Worms gesagt haben soll, was aber nicht der Wahrheit entspricht.

Maximilian I. (1459–1519) Kaiser des Heiligen Römischen Reiches, der das Wesen von Kampf und Turnier beschwor und noch die ritterliche Lebenswelt verkörperte. Ihm folgte sein Enkel Karl V. nach.

Märtyrer Ein Gläubiger, der für seinen Glauben bereitwillig den Tod erleidet.

Melanchthon, Philipp (1497–1560) Neben Luther der wichtigste Vertreter der Reformation, der die neue Lehre genau beschrieb, sie in Streitgesprächen verteidigte und ihre Verbreitung organisierte. Galt als der »Lehrmeister Deutschlands«.

Messias Ersehnte Heilsgestalt der Zukunft, der nach dem jeweiligen Glauben den Juden noch nicht, als Jesus Christus den Christen aber bereits erschienen ist.

Müntzer, Thomas (um 1489–1525) Freiheitskämpfer, der sich dafür einsetzte, die göttliche Gerechtigkeit schon auf Erden einzurichten, und insbesondere die Bauern im Reich zum Aufruhr gegen ihre Herrschaften trieb; von Luther als »Satan« bezeichnet. Er wurde unter Leitung der Fürsten in einer letzten großen Schlacht (bei Frankenhausen) besiegt. Diese ließen ihn nach Folterung hinrichten.

Ockham, Wilhelm von (um 1285 bis um 1349) Englischer Philosoph, der die gesamte Scholastik infrage stellte und behauptete, der Glaube lasse sich durch die menschliche Vernunft nicht beweisen. Wurde exkommuniziert.

Prior Leiter eines Klosters.

Refektorium Speiseraum eines Klosters.

Reliquie Angebliches Überbleibsel eines Heiligen oder ein auf einen solchen bezogener Gegenstand.

Römerbrief Schreiben des Paulus an die christliche Urgemeinde in Rom. Wichtigste Grundlage des christlichen Glaubens und der Lehre Luthers: »So halten wir nun dafür, dass der Mensch gerecht wird ohne des Gesetzes Werke, allein durch den Glauben« (3,28).

Rotterdam, Erasmus von (1466/1469–1536) Bedeutendster Gelehrter zur Zeit der Reformation, der schon vor Luthers 95 Thesen die römische Kirche scharf kritisiert hatte. Er wandte sich aber später strikt gegen Luther. Im Gegensatz zu dessen Lehre von der Vorherbestimmung des menschlichen Schicksals meinte er, der Mensch könne sich sehr wohl frei für das Gute oder das Böse entscheiden. Die Reformation machte er für die Zerstörung aller Ordnung und aller Werte verantwortlich.

Schisma Aufspaltung einer Glaubensgemeinschaft. Im morgenländischen Schisma von 1054 spaltete sich die christliche Kirche in Katholiken und Orthodoxe: in einen lateinisch bestimmten westlichen Teil (mit dem Papst als Oberhaupt in Rom) und einen griechisch bestimmten östlichen Teil (mit dem orthodoxen Patriarchen als Oberhaupt in Konstantinopel).

Schmalkaldischer Bund Militärisches Verteidigungsbündnis der Protestanten, benannt nach dem Ort Schmalkalden. Gegründet 1531, bestand der Bund bis zum Schmalkaldischen Krieg 1546/47, als die katholischen Truppen unter Karl V. die Protestanten entscheidend besiegten.

Scholastik Philosophie des Mittelalters, mit der versucht wurde, das Verstandesdenken insbesondere des Aristoteles mit dem christlichen Weltbild zu vereinen: Mit dem Mittel der Vernunft sollte die Wahrheit des christlichen Glaubens bewiesen werden.

Sodom In der Bibel eine Stadt der Sünde, ebenso wie Gomorrha. Beide Städte wurden von Gott vernichtet.

Süleyman I. (wohl 1494 oder 1495–1566) Bedeutendster türkischer Herrscher, genannt »der Prächtige«. Führte das Osmanische Reich kriegerisch auf seinen Höhepunkt.

Synagoge Gebets-, Veranstaltungs- und Schulungshaus der Juden.

Tarsus, Paulus von (um 3 bis um 64), *auch Apostel Paulus oder der heilige Paulus* Wichtigster Förderer des Christentums. Bewirkte die Trennung vom Judentum, indem er verkündete, Jesus Christus sei für die Erlösung aller Menschen gestorben. Nicht die Befolgung der religiösen jüdischen Vorschriften sei entscheidend, sondern allein der Glaube an den erschienenen Sohn Gottes.

Tonsur Ausgeschorene Stelle im Haar als Zeichen eines Mitglieds der Geistlichkeit. War in der katholischen Kirche kreisrund; hieß allgemein »Mönchsplatte«.

Trivialschule Weiterführende Schule des Mittelalters.

Vesper Abendliche Gebetsstunde.

Bildquellenverzeichnis

Seiten 15, 16, 23, 61, 86, 102: Nach zeitgenössischen Holzstichen
Seiten 46, 54: Ludwig Rabus: Historien [...], Straßburg, 1556
Seiten 30, 62, 119: © Archiv für Kunst und Geschichte – akg-images
Seite 39: © bpk/Deutsches Historisches Museum/Sebastian Ahlers
Seite 69: Holzschnitt aus dem Septembertestament von 1522
Seite 79: Max Geisberg: Der deutsche Einblattholzschnitt in der ersten Hälfte des XVI. Jahrhunderts. München 1929
Seite 110: Holzschnitt aus Otto Clemen, Flugschriften aus den ersten Jahren der Reformation, III, 1909

Farbbogen

Seite 11, Luther-Bibel: © bpk/Deutsches Historisches Museum/ Sebastian Ahlers
Alle übrigen Bilder: © Archiv für Kunst und Geschichte – akg-images,
Seite 2 unten: Schütze/Rodemann; Seite 4/5: Erich Lessing;
Seite 6, oben: Alfred Pasieka/Science Photo Library.

FSC
www.fsc.org
MIX
Papier aus verantwortungsvollen Quellen
FSC® C110508

Coverfoto: © Archiv für Kunst und Geschichte – akg-images
Innenillustrationen: Klaus Puth
Fotos Innenteil: siehe Bildquellenverzeichnis oben
Lektorat und Bildredaktion: Britta Vorbach, Frankfurt a. M.
Layout: BücherWege, Hamburg
Satz: Malte Ritter, Berlin
Gesamtherstellung: Westermann Druck Zwickau GmbH
ISBN 978-3-401-60251-6

www.arena-verlag.de
Folge uns!
www.twitter.com/arenaverlag
www.facebook.com/arenaverlagfans

ARENA BIBLIOTHEK DES WISSENS
Andreas Venzke

978-3-401-60119-9

978-3-401-06217-4

978-3-401-06394-2

978-3-401-06651-6

978-3-401-06218-1

Arena

Jeder Band:
Klappenbroschur
www.arena-verlag.de

Anja Tuckermann

Wir schweigen nicht!

Der Weg der Weißen Rose und der Geschwister Scholl in den Widerstand

Sophie und Hans Scholl, Alexander Schmorell, Christoph Probst, Willi Graf, Kurt Huber und viele andere mehr wollten dem totalitären Unterdrückungssystem der Nationalsozialisten etwas entgegensetzen: Sie riefen die Bevölkerung mit Flugblättern zum passiven Widerstand auf. Anja Tuckermann rekonstruiert mit Hilfe ausgewählter Tagebucheinträge, Briefe und Schilderungen der Mitglieder und Freunde der Weißen Rose den Weg dieser Menschen in den Widerstand. Wie lebten sie im Alltag der Diktatur und im Krieg? Was bewegte sie?
Dieses Buch lässt uns nachempfinden, wie diese jungen Leute ihren Weg mutig bis zum Ende gingen.